Diário de Estela

Diário de Estela 3

Aventuras e Desventuras Celestiais

Stern & Jem

Tradução
Manoel Lauand

JANGADA

Copyright © 2014 Stern & Jem.

Copyright da tradução © 2016 Editora Pensamento-Cultrix Ltda.

Texto de acordo com as novas regras ortográficas da língua portuguesa.

1ª edição 2016.

Todos os direitos reservados. Nenhuma parte deste livro pode ser reproduzida ou usada de qualquer forma ou por qualquer meio, eletrônico ou mecânico, inclusive fotocópias, gravações ou sistema de armazenamento em banco de dados, sem permissão por escrito, exceto nos casos de trechos curtos citados em resenhas críticas ou artigos de revistas.

A Editora Jangada não se responsabiliza por eventuais mudanças ocorridas nos endereços convencionais ou eletrônicos citados neste livro.

Coordenação editorial: Manoel Lauand
Editoração eletrônica: Estúdio Sambaqui

DADOS INTERNACIONAIS DE CATALOGAÇÃO NA PUBLICAÇÃO (CIP)
(CÂMARA BRASILEIRA DO LIVRO, SP, BRASIL)

Stern
Diário de Estela 3 : aventuras e desventuras celestiais / Stern & Jem ; tradução Manoel Lauand. -- 1. ed. -- São Paulo : Jangada, 2016.

Título original: Diario de Estela : castigada en el limbo
ISBN 978-85-5539-069-2

1. Ficção - Literatura infantojuvenil I. Jem. II. Título.

16-08692 CDD-028.5

Índices para catálogo sistemático:
1. Ficção : Literatura infantil 028.5
2. Ficção : Literatura infantojuvenil 028.5

Jangada é um selo da Editora Pensamento-Cultrix Ltda.

Direitos de tradução para o Brasil adquiridos com exclusividade pela
EDITORA PENSAMENTO-CULTRIX LTDA.
Rua Dr. Mário Vicente, 368 — 04270-000 — São Paulo, SP
Fone: 2066-9000 — Fax: 2066-9008
E-mail: atendimento@editorajangada.com.br
http://www.editorajangada.com.br
que se reserva a propriedade literária desta tradução.
Foi feito o depósito legal.

Este diário pertence à
ESTELA

Um anjo do amor...
apesar de tudo

Diário de Estela 3

Aventuras e Desventuras Celestiais

> Calendário Infernal:
> 6ª era do milênio escuro
> Anoitecer, Calabouços do Submundo

Olá a todos!

Ai... em que situação fui me meter! Eu achava que quando voltasse a encontrar vocês, meus leitores, seria para contar sobre uma nova missão, repleta de aventuras e emoções, e, sobretudo, cheia de amor... Mas, em vez disso,
EU ACABEI ME INFILTRANDO NO SUBMUNDO! LOCAL PROIBIDÍSSIMO para nós, anjos, segundo o manual do Cupido, item 3.6.1b (2º parágrafo).

Vou narrar a vocês o que aconteceu... U_U

Para aqueles que não me conhecem, meu nome é Estela e sou um Anjo do Amor. Me graduei no Instituto Nuvens Altas faz alguns meses, e hoje faço parte da Ordem do Cupido.

Em minha primeira missão oficial, fui enviada à Terra, junto com o mala do Joel, que foi meu tutor em Nuvens Altas, para tentar descobrir por que havia tantos corações partidos no Instituto Esmeralda. Porém, Joel me deixou plantada, esperando por ele, e resolveu tirar férias em um balneário em vez de me acompanhar. GRRRRRR!

Chegando lá, descobri algo terrível: quem estava causando todos os problemas era Ross, que, na realidade, era o poderosíssimo **Príncipe Rashier do Submundo, um Demônio do Amor**, que havia subido à Terra com o propósito de aborrecer a todos e partir corações. **Apenas por diversão!**

Que loucura! Ross conseguiu detectar que eu era um ser celestial e as coisas ficaram complicadas... Desde esse momento, seu objetivo passou a ser **roubar meu puro coração de anjo!**

Naturalmente, eu não permiti. E acabamos lutando, um contra o outro, usando nossos feitiços mais poderosos, e ele acabou me fazendo passar vergonha na frente de todo o Instituto. Para me deixar mais fragilizada, ele usou Nigrum (um pequeno demônio sob a forma de um fofo gatinho preto, e que depois acabou se tornando meu amigo).

Quando eu estava a ponto de mandá-lo de volta para o Submundo e acabar de uma vez com ele... **Ross salvou minha vida, arriscando a dele!** E isso arruinou meu esquema... Então, resolvi dar uma oportunidade a ele: se Ross prometesse não mais interferir em minha missão, eu seria seu par no baile de encerramento do curso.

Ele cumpriu sua promessa. Porém, nesse meio tempo, apareceu uma diaba chamada Lily que estragou tudo. Ross a enfrentou para me salvar, mas, ao me ajudar, ele rompeu o Tratado de Equilíbrio entre Anjos e Demônios! Apesar de eu ter conseguido salvar os corações partidos do Instituto, Ross foi preso e encarcerado nos calabouços do Submundo, por minha causa...

Então, Nigrum e eu traçamos um plano secreto e muito arriscado: DESCER ATÉ AS PROFUNDEZAS DO SUBMUNDO PARA SALVÁ-LO!

E, neste exato momento, acabamos de cruzar o portal que separa nossos mundos... Aqui estou, no meio de um corredor sinistro, iluminado apenas por algumas fracas chamas de tochas, mas decidida a salvar Ross, custe o que custar...

Voltarei em breve com mais notícias!

> Calendário Infernal:
>
> 6ª era do milênio escuro
>
> Um pouco mais tarde, Tribunal do Submundo

EU IREI A JULGAMENTO! Um anjo tão doce como eu, aprisionada no Submundo, prestes a receber uma sentença do Juiz do Inferno! O que será de mim? Minhas asas serão manchadas de carbono e enxofre para sempre!

Como sabem, eu estava no meio de uma missão de resgate, junto com Nigrum. E, em vez de irmos para os calabouços, abrimos a porta errada e entramos no Tribunal do Submundo, onde um demônio gigantesco (que, segundo Nigrum, era o temível Juiz do Inferno) nos deu um olhar fulminante.

Que coisa mais assustadora! Saíram uns chifres enormes e retorcidos da cabeça do juiz. Ele mesmo não tinha uma boa aparência, e **parecia mais um gambá chamuscado...** GLUP...!

O que eu poderia fazer? Resolvi ser educada... Então fiz uma reverência, me curvando e o cumprimentando timidamente, fiz meia-volta e comecei a correr como louca, junto com Nigrum.

Se queríamos passar desapercebidos, acabamos causando o efeito contrário!

— Estela, me siga — Nigrum exclamou.

— Mas você não me disse que sabia aonde ficavam os calabouços? — gritei para ele.

— Me... Me desculpe... É que atualmente a Rainha Demoníaca tem estado entediada e passa os dias redecorando e reorganizando todas as salas e escritórios do nosso Reino, e...

— Você se confundiu!

— Pois é... — ele reconheceu, envergonhado. — Mas, agora, tenho certeza: Aquela luz vermelha, no fundo do corredor, é onde fica a porta de entrada dos calabouços. Como fomos vistos pelo Juiz do Inferno, teremos pouco tempo para finalizar nosso plano de resgate. Corra!

— Espero que agora você esteja certo, pois se formos parar na Sala dos Caldeirões, vou acabar sendo servida de jantar para o Rei Demônio...

— Anjo assado com batatas fritas e gatinho grelhado... GLUP!

Sem perder tempo, chegamos até a porta, entramos e começamos a buscar Ross por todas as celas do calabouço. Quando o descobrimos, ele estava com o corpo apoiado na parede e de olhos fechados.

— Ross! —, eu exclamei, bem alto.

Ele ficou maluco ao me ver, e gritou:

— Estela, o que você está fazendo aqui?! Você enlouqueceu, Nigrum? Que loucura a trazer até o Submundo, aqui é muito perigoso! Por que você achou que isso seria uma boa ideia?!

Nigrum abaixou a cabeça, se sentindo culpado.

18

— Eu sei, meu amo, mas agora não temos tempo para explicações. Precisamos nos apressar...! Com certeza, o Juiz do Inferno está nos buscando...! — respondeu, Nigrum.

— O Grande Juiz viu vocês?! Que desastre! Vá embora, agora mesmo, Estela! Fujam, os dois... Não preciso de vocês!

Eu me arriscando por Ross e ele me trata desse jeito?! Mesmo assim, eu não tinha a menor intenção de ir embora sem ele...

— Não seja tão orgulhoso! Se estou aqui, é para retribuir as duas vezes que você me salvou. Sou um anjo do amor e não suporto injustiças!

Neste momento, na lateral do corredor, apareceu uma sombra na parede. Logo em seguida, iluminada pela luz da tocha, surgiu uma diaba muito bonita.

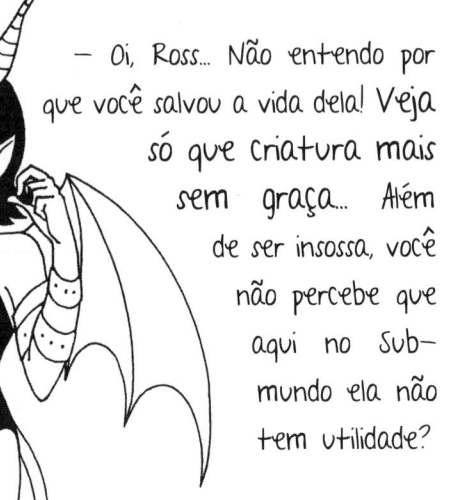

— Oi, Ross... Não entendo por que você salvou a vida dela! Veja só que criatura mais sem graça... Além de ser insossa, você não percebe que aqui no Submundo ela não tem utilidade?

Através das grades da cela, ela envolveu o pescoço de Ross com seus braços. Por que ela o estava abraçando? E por que eu me importava com isso?

Ross se desvencilhou dela, bruscamente.

— Tire suas mãos de mim!

— Por que está me tratando assim, meu amor...?

— Quem é essa? — eu disse, sem querer.

— "Essa"...? Que atrevida! Aposto que você não sabe com quem está falando. Meu nome é Lily, Condessa Lily para você, seu ser celestial inferior! Fui eu que tentei partir os corações no Instituto Esmeralda. E por causa dos seus feitiços baratos sobre o meu pobre amado Ross, eu não consegui.

Essa menina e Ross... COMO ASSIII-IMMMM?!? Como não percebi que eles eram namorados?! Será que meu sexto sentido parou de funcionar aqui no submundo? Impossível!

— Eu não fiz feitiço algum em Ross...! E nunca pedi a ele que rompesse o Tratado! Agora, se ele fez isso por mim...

Ross, enérgico, nos interrompeu:

— CHEGA! Parem com isso! Eu quebrei o Tratado porque quis! Cansei de todos me dizerem o que devo fazer...

Lily começou a rir, com satisfação:

— Viu só? Você não significa nada para ele...

Nesse momento, um jovem demônio apareceu ao meu lado e disse:

— Muito bem... se ela não significa nada para ele, para mim ela é importante. Bem-vinda ao Submundo, ma chérie!

Então, ele pegou minha mão e a beijou suavemente. Nesse instante, fiquei completamente paralisada, sem saber o que fazer ou dizer. Até que Nigrum se dirigiu a ele:

— Príncipe Verrier, que surpresa encontrá-lo aqui!

Verrier acariciou a cabeça do gato, que sorriu.

— Nigrum, há quanto tempo não o vejo! Percebi que você veio aqui muito bem acompanhado...

Então, ele me deu uma piscadela e continuou falando:
— Eu vim aqui para ver, em primeira mão, no que o meu fracassado irmão tinha se metido desta vez, desde que fiquei sabendo que ele havia caído de amores por uma preciosidade angelical.

Irmão do Ross?! Não sabia que ele tinha um irmão! Fisicamente, eles se parecem um pouco, os dois são bonitos, embora Verrier seja mais alto e tenha o cabelo mais curto e ondulado.

Verrier continuou a falar:

— Na verdade, irmãozinho, eu deveria te dar os parabéns... por uma beldade angelical dessas, vale a pena ser expulso do Submundo!

De repente, eu notei que minha face ficou vermelha de vergonha. Sorte que havia pouca luz! Então, Verrier se aproximou e tentou beijar meu rosto.

— **Afaste-se dela** — grunhiu, Ross, zangado.

— Querido, deixe eles em paz! Os dois formam um lindo casal... — Lily, comentou.

Estava tentando colocar meus pensamentos em ordem, quando, de repente, escutei um vozeirão que fez o chão e as paredes tremerem... Era o Juiz do Inferno, que havia acabado de chegar, junto com seus guardas.

— Isto é algo inédito! Após vários milênios escuros, é a primeira vez que presencio uma reunião como esta! Dois Príncipes do Inferno, uma Condessa Infernal, um Demônio Menor e um Anjo Celestial, todos batendo papo no Calabouço! E como fica o Tratado?! E o Equilíbrio?! Isto é um insulto ao Código de Conduta de Anjos e Demônios! Vocês irão receber seu castigo agora mesmo! — exclamou o Juiz do Inferno.

E foi isto que aconteceu... Então nos levaram até o tribunal, e aqui estou, tentando escrever no meu diário enquanto acontece o julgamento, com Nigrum enroscado aos meus pés, e Ross, Verrier e Lily ao meu lado, todos em frente ao juiz, aguardando o veredicto. Neste momento, estou tão assustada que até sinto falta do Joel... Buáááá...

> Calendário Infernal:
> 6ª era do milênio escuro
> Muito mais tarde, Tribunal do Submundo

VOCÊS NÃO VÃO ACREDITAR NO QUE ACONTECEU!

Vou tentar contar sem chorar sobre o diário.

O julgamento começou com um discurso do juiz Infernal. Ele falava tão rápido e de forma tão confusa que só consegui entender algumas partes:

— Comportamento inadequado... Vergonha no Submundo... Sem precedentes... Castigo exemplar...

O juiz estava tão nervoso que seu rosto, cada vez mais, ficava vermelho de raiva, suas narinas soltavam fumaça e ele não parava de golpear a mesa com o seu martelo. Parecia que a qualquer momento ele iria quebrar a mesa!

De repente, ele ficou em silêncio durante uns segundos, e depois nos disse:

— Esta é a última oportunidade de vocês. Me falem o que podem dizer em sua defesa.

Ross, então, aproveitou para falar primeiro.

— Vossa excelência, permita-me explicar. Eu me comportei como uma criança malcriada. Entendo perfeitamente que preciso ser castigado. Que sou uma desonra e que rompi um Tratado muito importante, colocando em risco o equilíbrio entre Anjos e Demônios... Mas gostaria que soubesse que mais ninguém aqui presente cometeu alguma infração de modo consciente, já que nenhum deles sabia dos meus planos. Por isso, peço que sua sentença seja apenas destinada a mim. Além disso, segundo as Leis do Céu e do Inferno, os anjos não podem ser julgados no Submundo, por isso devemos deixar que este Anjo do Amor seja julgado por seus próprios Mestres...

Ross estava me defendendo? Se eu fosse enviada de volta ao Céu seria a melhor coisa do mundo, já que lá eu poderia me explicar perante ao Grande Mestre Daniel, e acredito que ele iria entender minha situação...

— Grande Juiz, escute-me, por favor — interviu Nigrum —, fui eu o responsável por trazer esse Anjo do Amor ao Submundo... Se tem alguém que merece uma punição, sou eu!

O Juiz, após as explicações de Ross e Nigrum, pareceu ficar mais calmo. Mas, no entanto, Lily levantou-se, ficando entre o Juiz e Ross, e começou a falar:

— Queridíssimo Juiz, não leve em consideração as palavras do meu Príncipe... Ele jamais quis romper o Tratado e sempre foi leal ao Submundo! Tudo aconteceu devido a um feitiço, uma maldade desse ser celestial desprezível... junto com esse maldito Demônio Inferior chamado Nigrum! Perdoe meu Príncipe e dê uma boa lição NELA e nesse gato intrometido!

— Fique quieta, Lily! — gritou Ross.

Sem poder mais me conter, dei um passo à frente e me dirigi ao Juiz:

— Excelência, eu admito. Sou a única culpada por tudo que aconteceu, Ross é inocente. Então, o que o senhor decidir fazer comigo será justo e não reclamarei.

— Mas, por favor, não condene Nigrum! Eu que o forcei a me acompanhar até o Submundo!

Lily concordou com a cabeça e acrescentou:

— Até que enfim... parece que essa passarinha celestial finalmente está admitindo seus erros!

Ross ia dizer alguma coisa, mas Verrier foi mais rápido que ele e, com um gesto teatral, se manifestou:

— Se *ma chérie* é culpada, eu também sou! Meu irmão é jovem e insensato, e a Condessa Lily é leal demais para cometer algum crime. Mas, se esse Anjo precioso for condenado, eu me declaro culpado também, para poder compartilhar ao lado de Estela seu castigo.

— Cale seu bico, Verrier! Você e sua necessidade de aparecer! Estela não fez nada de errado! — exclamou Ross.

— CHEGAAAAAAAAAAAAAA!

O berro do Juiz fez a sala inteira tremer.

Tomei um susto tão grande, que dei um pulo e acabei pisando no rabo do pobre Nigrum. Ele, por sua vez, deu um salto enorme e foi se agarrar no cabelo de Lily, que deu um grito estridente e acabou empurrando Verrier. Ross tentou segurar seu irmão, mas escorregou e acabou se apoiando em mim. No fim, fomos todos parar no chão!

— Silêncio! Aqui está parecendo um pátio de colégio! Estou ficando com dor de cabeça de tanto aguentar as abobrinhas que vocês estão dizendo! Levantem-se para escutar minha sentença!

Após ficar um pouco mais calmo, ele continuou:

— Vamos por partes... Como bem disse o Príncipe Roshier, eu não tenho autoridade sobre os Anjos.

— E, portanto, Estela permanecerá em uma cela do calabouço, até que um Anjo da Guarda venha buscá-la para levá-la de volta ao Céu, onde poderá ser julgada pelos seus atos. Já vocês três, por sua vez, **eu os condeno a perderem suas asas e serem confinados na Cozinha Infernal, lavando pratos, copos e panelas!** De tempos em tempos, eu, pessoalmente, comprovarei seus progressos e determinarei se estão prontos para voltarem a exercer suas funções de demônios. Caso contrário, quem não estiver apto, irá terminar o resto de sua existência nas Minas de Carbono do Submundo. E você, Nigrum, deverá acompanhá-los e ajudá-los a cumprir a sentença. E que assim seja! Guarda, os conduza pela rampa de descida, até o andar mais baixo. Porém, antes, os coloque em frente a mim.

Sem retrucar, Ross, Lily e Verrier se posicionaram em frente ao Juiz do Inferno, que conjurou um feitiço em voz alta:

"Fogos Infernais que ardem no Submundo, façam desaparecer agora as Asas Demoníacas que esses Demônios conseguiram quando se graduaram. Que suas asas permaneçam ocultas e sem utilidade, até que eu determine se eles estão aptos para voltarem a tê-las. Eu, como o Grande Juiz do Inferno, assim determino e proclamo o veredicto."

Então, uma névoa espessa e cinzenta envolveu os três demônios. E, nesse instante, as asas deles desapareceram.

QUE RAIVA! Qual foi a utilidade de invadir o Submundo para salvar Ross, se agora ele estava sendo condenado?

No exato momento em que os carcereiros me agarraram para sairmos da sala, um pássaro entrou, grasnando, no Tribunal. Logo ele pousou sobre um dos chifres do Juiz do Inferno e começou a bicá-lo. Essa ave me pareceu muito familiar...

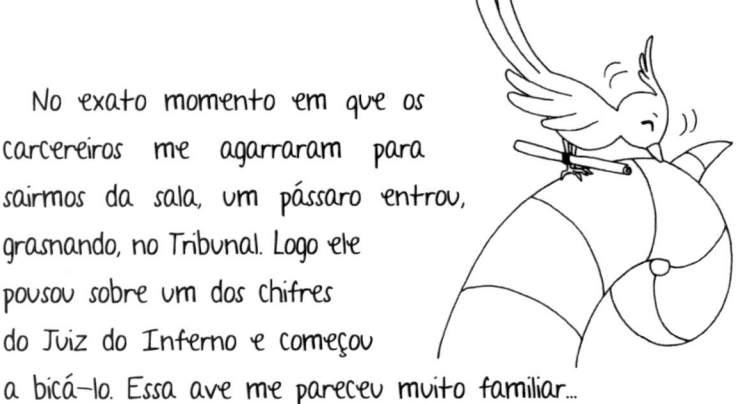

— O QUE É ISSO AGORAAAAAA?! — berrou o Juiz, vermelho de raiva.

Então ele agarrou o pássaro pelo pescoço e desamarrou um papel dobrado que estava na pata da ave. Surpreso, o Grande Juiz me disse:

— Ora, ora... Esta carta é para você, criatura celestial. Chegue mais perto e a leia em voz alta!

Um pressentimento me fez temer pelo pior. Só conheço UM indivíduo que adora esse tipo de correspondência... Apenas UM Anjo teria um pássaro assim, tão escandaloso... Somente ELE poderia ter me enviado ALGO desse tipo...

Tentando aparentar serenidade, me aproximei do tribunal e comecei a ler a carta:

Queridíssima Estela,

Parabéns! Até hoje, nenhum Anjo do Amor havia transgredido tantas regras graves, em tão pouco tempo. Se você queria ser famosa, seria muito melhor ter feito seu trabalho de forma eficiente, em vez de romper o Tratado de Paz entre Anjos e Demônios. Mas quem sou eu para te julgar? Ah... sim, é verdade! Ainda sou seu supervisor, enquanto você estiver em treinamento! Assim, embora eu fique com a alma doída, acredito que passar um tempinho no Limbo irá te ajudar a refletir melhor sobre os seus atos.

De seu querido companheiro, antigo tutor e atual supervisor,

Joel

P.S.: Prezado Grande Juiz do Inferno, com todo o meu respeito e modestamente, eu sugiro ao senhor que os seus quatro pequenos demônios acompanhem Estela em seu castigo no Limbo, onde um instrutor neutro poderia supervisionar o comportamento deles, para depois decidir o destino de cada um. Desta maneira, o senhor ficaria livre de tão incômoda tarefa, e assim poderia dedicar seu valioso tempo para cuidar de afazeres muito mais importantes.

P.S.2: A propósito, Juiz Alastor, aproveito a ocasião para lhe oferecer, mais uma vez, uma revanche em uma partida de xadrez, visto que em nossa última partida, no ano passado, eu ganhei do senhor tão facilmente. Não entendo por que não retorna as minhas chamadas... Talvez esteja com medo de perder novamente...

P.S.3: Ah, sim! Esqueci de mencionar: Estela, esta carta se autodestruirá assim que você acabar de lê-la, e desaparecerá, igual a suas asas, que serão confiscadas até você voltar a merecê-las.

Com meus olhos cheios de lágrimas, terminei de ler a carta de Joel. Assim que pronunciei as últimas sílabas escritas, notei que minhas asas estavam desaparecendo, envoltas por uma forte e ofuscante luz branca. Tremendo e com raiva, voltei a me sentar no banco. Não...! Minhas preciosas asas, retiradas por um louco como o Joel!

Ross e Verrier tentaram se aproximar de mim, mas não deixei. Entretanto, eu precisei chorar para desabafar, não por sofrimento, mas por ser incapaz de impedir que Joel tirasse a única coisa que preciso para ser um Anjo do Amor completo: MINHAS ASAS!

O Juiz, suspirando conformado, se aproximou de mim e me ofereceu um grande lenço. Fazendo um barulhão, eu assoei meu nariz.

—Pequena, eu lamento muito por isso. Seu tutor é Joel, e não posso fazer nada para te ajudar... — disse o Juiz.

Após um momento de reflexão, ele continuou:

— Esse seu tutor Anjo do Amor é pior do que cem Demônios aqui do Submundo! Entretanto, creio que ele tem razão quando escreveu que estou muito ocupado... Irei alterar minha sentença, e vou enviar todos ao Limbo! Espero que isto sirva de lição para vocês, e que possam retornar com um comportamento diferente. Guardas! Conduzam esses jovens à Estação de Trem do Limbo.

Após terminar de dizer sua sentença, ele saiu da sala. Ross, Verrier, Lily e Nigrum estavam perplexos, sem conseguirem esboçar algum tipo de reação...

E aqui estou, sem asas, rodeada de demônios e a caminho do Limbo, sem saber o que me espera lá...

> Calendário do Tempo Infinito:
> 1ª era de serenidade eterna
> 1º dia, amanhecer, Zona Sul do Limbo

Aiaiaiai!

Estou tão zonza que nem mesmo sei o que estou escrevendo! Vamos para a excursão ao Limbo!

O caminho que conecta os dois mundos é percorrido a toda velocidade, através das montanhas, com várias curvas, subidas e descidas, tão terríveis que se eu parasse para pensar sobre isso, ficaria ainda pior do que estou agora! E, se já não bastasse o trajeto tortuoso, o tempo de duração da viagem é de quase uma hora! Snif, snif... pobre de mim, ter de passar por essa terrível tortura!

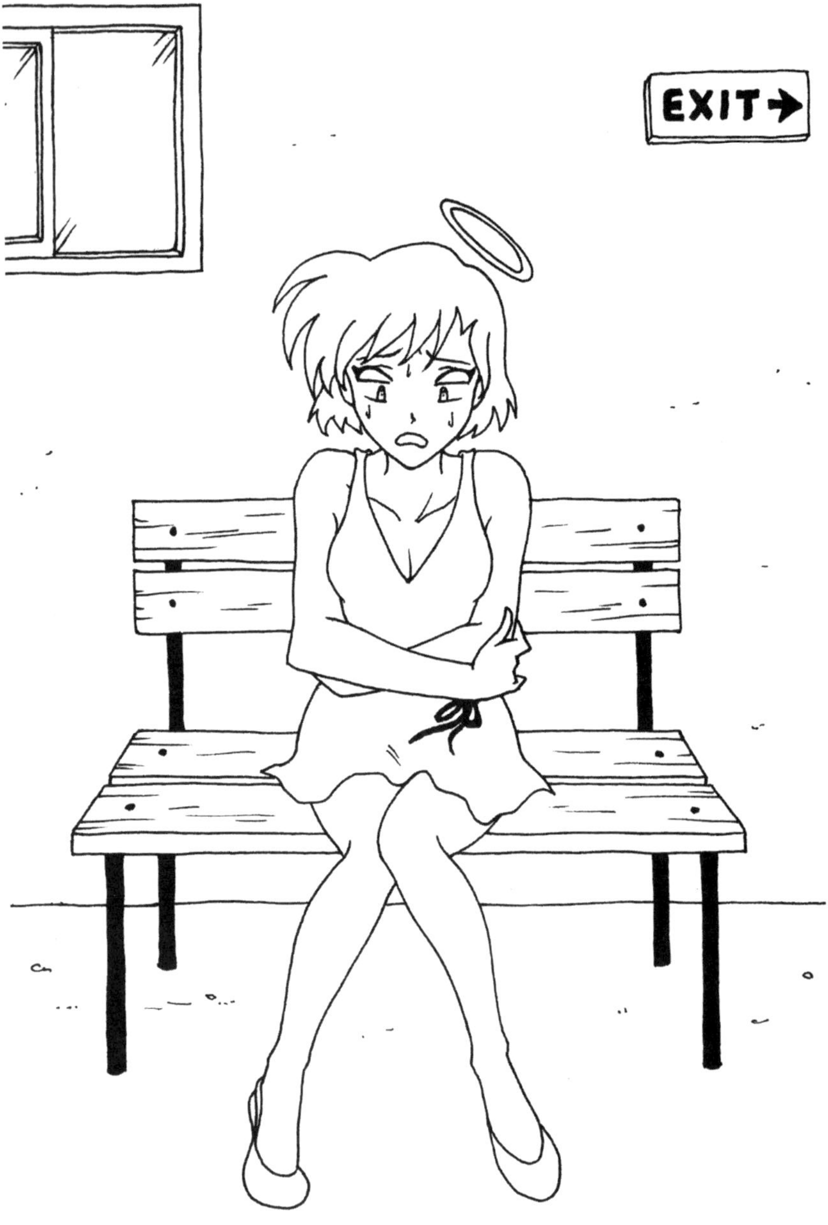
EXIT

Acima de tudo, me sinto ridícula, pois enquanto estou sentada em um banco da estação de trem, me sentindo muito mal, o restante do grupo parece não ter o mesmo sentimento que eu. Sobretudo Lily, que não para de me acusar, dizendo que tudo que está acontecendo foi culpa minha.

Suponho que, a essa altura, vocês estão se perguntando como é o Limbo. Eu, com certeza, nunca teria imaginado que ele fosse tão, tão bonito. **Após toda escuridão do Submundo, havia me esquecido como é lindo ver o sol brilhar...** O céu do Limbo tem um azul belíssimo, e estamos rodeados por árvores frondosas, lagos e cachoeiras! Na verdade, tudo aqui parece uma paisagem de sonho!

No entanto, Verrier havia me advertido que eu não deveria me iludir, pois no Limbo podemos encontrar qualquer coisa; desde desertos gelados até sinistras grutas. E, sobretudo, é preciso tomar cuidado para não passar mais de um mês no mesmo local... ou você poderia correr o risco de ficar preso para sempre nele!

Que horror! Imagine só... Presa, sem poder mais ajudar a curar os corações humanos! Nem me fale! Preciso voltar a trabalhar o mais rápido possível!

Estamos esperando para ver se aparece alguém que nos diga o que fazer, pois, no momento não sabemos como agir nem aonde devemos ir...

Até daqui a pouco!

Calendário do Tempo Infinito:

1ª era de serenidade eterna

1º dia, algumas horas mais tarde, Zona Sul do Limbo

Affff! Que calor...!

Ainda bem que estou me sentindo melhor, pois parece que precisaremos fazer uma caminhada.

Faz um tempo que escutamos o tilintar de um sino e, ao tentarmos enxergar de onde vinha o som, vimos que no meio do caminho havia um mapa, uma bússola e uma carta.

O mapa assinalava com um X um ponto ao norte. E na carta estava escrito:

"Vocês precisam chegar ao seu destino antes do anoitecer para poderem montar seu acampamento. Lá encontrarão tudo que será preciso para passarem a noite. Amanhã me reunirei com vocês para os guiar através da primeira prova. Não demorem, pois o tempo no Limbo é precioso!

Sejam, portanto, benvindos,

Vosso instrutor do Limbo."

Que bom, pelo menos ele parece ser educado... Seja quem for, pelo menos será alguém muito melhor do que Joel, apesar de isso ser fácil... ^__^

Verrier pegou a bússola e o mapa, mas Ross os tirou da mão do irmão, dizendo, secamente:

— Me dê isso! Do jeito que seu senso de direção é ruim, chegaríamos apenas amanhã ao nosso destino!

— Um momentinho! Preciso de um modelito mais adequado para entrar na selva, meu querido — disse Lily, usando sua entonação de voz de boa menina. Então, ela estalou seus dedos e seu traje se transformou em um modelo especial para explorar a mata. Embora ela seja uma pessoa detestável, preciso ser sincera e dizer que essa roupa caiu muito bem nela...

Verrier, sorrindo, sussurrou para mim:

— Você não necessita de um traje especial, *má cherie*, pois eu te levarei em meus braços!

— De verdade, não é preciso... — eu respondi, com o rosto corado.

— Por favor, eu insisto. Até mesmo porque você está um pouco zonza e isto pode ser perigoso para a sua segurança. Não gostaria que uma preciosidade como você fosse picada por uma planta venenosa!

— Verrier, deixe ela em paz! Ela não precisa da sua ajuda! Ela perdeu as asas, não as pernas! — exclamou Ross.

— Talvez seja você quem queria levá-la em seus braços...

— Claro que não! — gritou nervoso, mais uma vez, Ross.

Com desdém, Lily completou:

— Amorzinho, não esquente a cabeça, deixe que ele a leve. Agora que Estela é um passarinho desplumado, com certeza nos atrasaria. Se ela mal aguentou a viagem de trem, imagine uma caminhada pela selva...

Sem dizer mais nada, Ross colocou Nigrum em seus ombros e começou a seguir em frente, sem levantar a vista do mapa. Enquanto isso, Lily o seguia de perto, dando pulinhos ao andar. Eu recusei, gentilmente, a oferta de Verrier, e passei a marchar junto com o grupo, distante alguns metros de Ross e Lily. Assim, pelo menos, eu não precisaria ouvir as duras pegadas de Lily no chão.

Vamos lá, Estela!

> Calendário do Tempo Infinito:
> 1ª era de serenidade eterna
> 1º dia, um pouco mais tarde, em algum lugar do Limbo

PERDIDOS!

Acredito que estamos PERDIDOS!

Segundo o mapa, o caminho era muito fácil, mas acabamos no meio de um pântano escuro e cheio de mosquitos, com um cheiro insuportável! E como se isso fosse pouco, Ross insistia em não deixar mais ninguém olhar o mapa! Como ele é teimoso! Além disso, desde que entramos no pântano, Lily não para de bufar e reclamar: — Que nojo! — Onde já se viu uma Condessa Infernal no meio da lama? — Tudo isto é culpa dessa maldita Criatura Celestial! — Etc. etc.

Vocês não sabem a força que estou fazendo para me segurar e não lançar nela um feitiço temporário de Zíper na Boca, para ver se ela para de falar um pouco...!

— Irmãozinho, seria muito gentil se me deixasse dar uma olhada no mapa... Provavelmente você se confundiu no último cruzamento — disse Verrier.

— Eu não me confundi coisa nenhuma! O mapa assinalava para a esquerda E foi nessa direção que seguimos! — respondeu, de forma ríspida, Ross.

— Não... na verdade viramos à direita...

— Ai... que nojo dessa lama! Ela está sujando meu modelito inteiro! — reclamou Lily.

QUE DESGASTANTE! Isto é pior do que passar um mês ao lado do Joel...

Conformada, cheguei perto de Ross e pedi para dar uma olhada no mapa:

— Posso?

Ross me entregou o papel, de forma relutante.

— Veja você mesma como eu tenho razão!

— A meu ver, segundo o mapa, Ross está certo. Estamos, exatamente, no local indicado. Mas deveria ser um lindo vale, e não isto aqui...

— Como assim?! Temos que acampar neste lamaçal asqueroso?! Nem pensar! Eu não irei passar uma noite sequer aqui! — berrou Lily.

— Estela tem razão! — confirmou Nigrum — Vejam esta árvore aqui, ela tem um X marcado nela! E também tem um bilhete preso no tronco.

Verrier pegou o bilhete e o leu em voz alta:

"Muito bem, jovens! Cada um de vocês acaba de ganhar DEZ PONTOS pelo trabalho em equipe e por terem conseguido se orientar pelo caminho. As coisas nem sempre são o que parecem, e este será seu acampamento base. Na copa da árvore vocês irão encontrar suas barracas de camping, assim como alguns espetinhos. Após passarem a noite aqui, lhes asseguro que irão achar este local mais agradável.

Atenciosamente,
Vosso instrutor, que amanhã conhecerão."

Vixeeee! Então precisaremos mesmo passar a noite aqui, neste pântano?! GLUP...!

Neste momento, reparei em tudo que havia ao meu redor: grilos, formigas, e, sobretudo, COBRAS!

Enquanto Verrier e Nigrum escalavam até o topo da árvore para pegarem as coisas, e Lily, em cima de uma pedra para evitar se sujar mais, gritava ordens a eles, Ross se aproximou de mim e, de forma brusca, disse:

— Então você tem medo de um punhado de insetos? Você é mesmo um anjo frágil, hein? Pode começar a se controlar agora ou vai ver o que Lily irá fazer contigo... Vejo que, como sempre, você será um transtorno para todos!

— EU, um problema? Como logo VOCÊ pode me dizer ISTO? O elemento que resolveu subir à Terra para perturbar a paz dos corações humanos! Além disso... QUEM foi o responsável pela quebra do Tratado?

— Me parece que eu não fui o único a quebrar o Tratado, não é mesmo, Estela? — ele respondeu, de modo desafiador. — Mas eu sei que você fez isso para me entregar seu puro coração! Como você está apaixonada por mim, não pensou duas vezes em ir correndo até o Submundo para me salvar, apesar de eu ter tudo sob controle, **já que queria ficar enrolada em meus braços, claro!**

GRRRRRR...!
O convencido e arrogante Príncipe do Submundo estava de volta...!

— TUDO SOB CONTROLE?! Você estava preso em uma cela! Que petulante! Louca por ti?! Hahahaha... Você deve ter batido sua cabeça durante a viagem até o Limbo, só pode... para conseguir ter tantas ideias idiotas...!

Ross chegou mais perto e continuou sendo atrevido:

— Seu coração é um livro aberto para mim!

Furiosa, me desvencilhei dele.

— Seu "Radar do Amor" deve estar defeituoso! Eu não sinto nada por você! E saiba que sei cuidar de mim mesma! Você deveria se preocupar com sua amiguinha "aiaiaiai, não quero me sujar de barro", pois eu não preciso da sua ajuda! E fique sabendo que eu te ajudarei a recuperar suas asas, porque nós, Anjos do Amor, somos assim por natureza. Grave isso em sua mente: você jamais terá meu Puro Coração de Anjo!

— Isto é o que veremos — ele me respondeu, de modo desafiador.

Eu não queria mais continuar naquela conversa. Então dei as costas a ele e fui ajudar Verrier. Ross não conseguiu me seguir, pois, justo naquele momento, Lily caiu "sem querer" da rocha e começou a gritar como uma donzela em apuros, obrigando Ross a "resgatá-la". Ele a abraçou, enquanto ela me mostrava a língua quando ninguém estava olhando.

AFFFFFF...! Que dias torturantes me esperam! Três demônios e um Anjo que devem mostrar seu valor no Limbo. Além disso, o Ross encantador havia desaparecido por completo... Poderia ser pior?!

> Calendário do Tempo Infinito:
> 1ª era de serenidade eterna
> 1º dia, noite, Pântano Pestilento

ROARRRRR... Ouviram isso? É o meu estômago roncando! Nós fomos para a cama sem jantar! Lembram que no bilhete estava escrito que encontraríamos alguns "espetinhos"? Então... havia, sim, alguns palitinhos de madeira na copa da árvore, mas sem comida... Esses "espetos" serviam, na verdade, para fixarmos as barracas no solo! Que gracinha... E agora preciso dormir, mas estou com tanta fome que não consigo fechar os olhos! GRRRRRR...

Fora isso, ainda preciso compartilhar minha barraca com Lily, que não para de me dar patadas... e estou com o corpo todo coçando por causa das picadas dos insetos. Sem contar o ruído dos animais noturnos, que estão me deixando nervosa! Então, para tentar me acalmar, resolvi subir no alto de uma árvore para observar as estrelas.

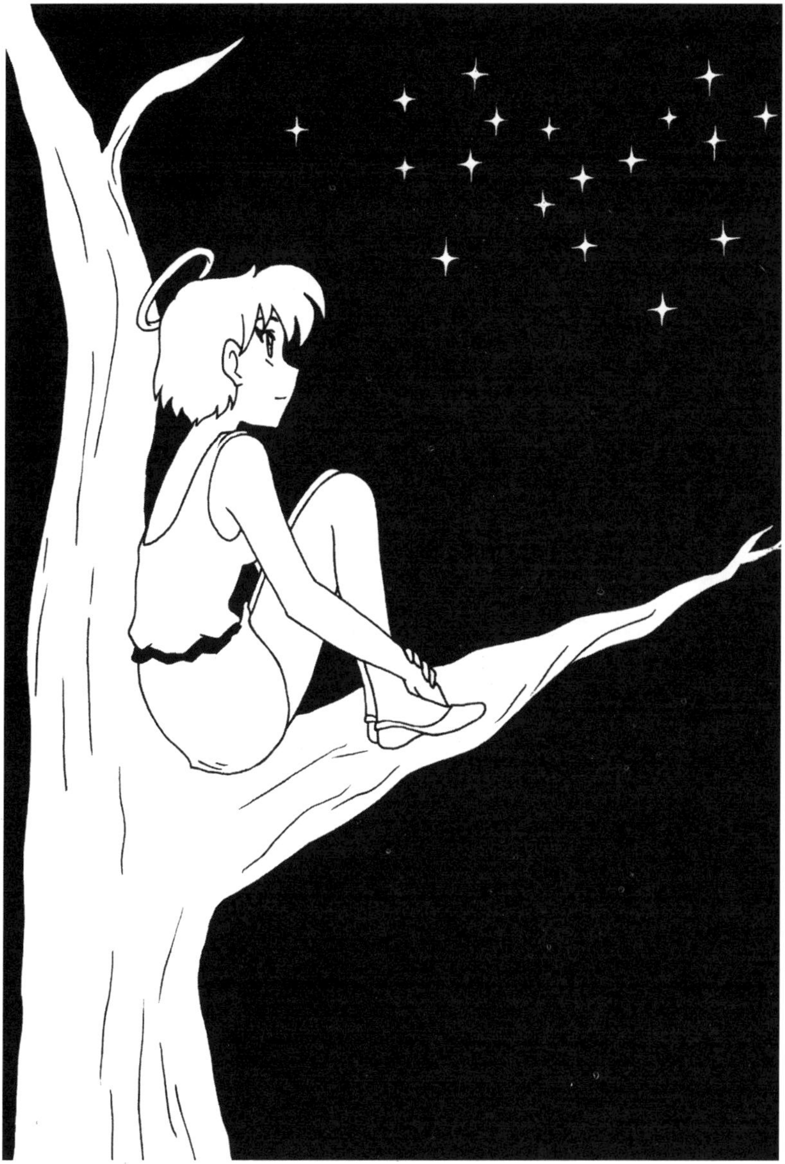

Eu sinto falta de Nuvens Altas, mas, na vida, a gente se acostuma com tudo, não é mesmo?

Vamos, Estela, este é apenas mais um novo desafio para você! Ânimo!

Após a montagem das barracas, como não foi possível jantar, fiquei batendo papo com Verrier, que me contou sobre suas travessuras como Demônio da Desobediência. Já com Ross, foi impossível conversar (embora eu não estivesse com muita vontade de fazer isso), pois Lily não parava de atormentá-lo com suas histórias, no cabelereiro ou comprando roupas, e mais um monte de tolices sem fim...

Ross e Verrier são tão diferentes, apesar de serem irmãos... Enquanto Ross é arrogante e está sempre de mau humor, Verrier quase parece se divertir com a situação que estamos passando.

Estou começando a ficar com sono, porém sem vontade alguma de dividir a tenda com Lily. Acho que ficarei mais um pouquinho aqui fora, observando as estrelas, e ver se consigo reunir forças para voltar a ser um Anjo do Amor. E dormirei um bocadinho aqui em cima da árvore, mesmo!

ZZZZZZZZ

> Calendário do Tempo Infinito:
> 1ª era de serenidade eterna
> 1º dia, alvorada, Pântano Pestilento

COM UMA TROMBETA! Ele nos despertou com uma TROMBETA! Que grosso! E eu que tinha esperanças de que nosso instrutor fosse alguém bem-educado e amável... Não sei como pude ser tão ingênua! Se segurem, pois vou contar a vocês uma bomba... Por mais impossível que pareça, nosso instrutor é o JOEL! Agora já posso ter certeza de que NUNCA mais irei recuperar as minhas asas, JAMAIS!

Estava amanhecendo quando escutei o som EN-SURDECEDOR de uma trombeta (pelo menos, para mim, o som estava muito alto).

Assim como ontem, após escrever em meu diário, fui me deitar, mais uma vez, na copa da árvore.

E tomei um susto tão grande com o som, que acabei caindo de cara no chão... Que estrago essa situação me causou! Além de uma circunstância ridícula: quando caí, foi bem em cima de uma poça de lama, aos pés da Lily, que não conseguia parar de gargalhar!

Ross e Verrier foram tentar me ajudar, mas, antes deles, surgiu uma mão estendida me oferecendo auxílio.

— Puxa, minha querida Estela...Você deveria fazer um curso rápido que te ensinasse a descer de uma árvore!

Por um momento, julguei ser improvável que fosse ELE. Eu estaria alucinando por causa da queda da árvore? Mas logo percebi que era REAL...

— JOEL!? O que você está fazendo aqui?! Ter enviado aquela carta, recomendando que eu fosse para o Limbo, não foi o suficiente? Deixe-me em paz! Nosso instrutor deve chegar a qualquer momento!

— Pois é... seu instrutor... Me disseram que ele é muito bonito, atencioso e simpático!

— Isso é verdade? — perguntou Lily, interessada.

— Sim, ele é uma pessoa incrível... — concordou Joel.

— Contanto que não seja você, qualquer um que vier já seria ótimo... — eu retruquei, irritada.

— Como pode dizer uma coisa dessas para mim, Estela, se eu sempre te protejo? Enfim, meus jovens, não temos tempo a perder. Se vocês não querem ficar para sempre no Limbo, é preciso ir embora antes de dez dias completos. Resumindo, vocês têm uma semana para superarem as provas e poderem voltar a suas respectivas Ordens, do Céu ou Submundo, com suas asas...

— Mas quem é você? Nosso instrutor é quem deveria nos explicar isso! — indagou Ross, com seu jeito impertinente.

— Meu caro jovem, meu nome é Joel e você deveria me tratar com mais respeito, pois, a partir de agora, serei seu instrutor. Eu irei conduzir as provas de vocês, depois julgar se estão fazendo direito e, no fim, decidir se estão aptos para voltar a seus locais de origem.

Eu estava chocada. Percebi que o sangue congelou em minhas veias. Não conseguia raciocinar. Não conseguia acreditar que aquilo estava mesmo acontecendo.

— Ma chérie, esse seu amigo não pode ser tão ruim assim...

Antes que eu pudesse responder a Verrier, Joel pigarreou e acrescentou:

— Vocês precisam completar três provas que irei lhes passar. Para que vocês não pensem que estou protegendo alguém: Condessa Lilith e Príncipes Verrier e Roshier, vocês precisam obter um total de **CEM PONTOS**. Em contrapartida, você, minha querida Estela, para compensar as "grandes habilidades" que você tem e a tornaram famosa, deverá conseguir míseros **DUZENTOS PONTINHOS**...

Demorei um pouco para responder, pois estava tentando compreender a situação...

— Mas, por quê?! Isto não é justo!

— Ah, coitadinha... Acha que não é capaz de conseguir? — respondeu Joel, zombando de mim. — Você sempre superou todas as minhas provas, sem nenhuma dificuldade, não é verdade? — ele disse, piscando maliciosamente.

— Você, por acaso, se diverte me fazendo sofrer? — eu perguntei a Joel.

Então, Lily fez uma reverência e disse, dissimulada, com um tom de voz respeitoso:

— Mestre Joel, EU nunca irei te decepcionar e acatarei todas as suas ordens!

— Muito bem, Lily! Você é muito esperta! Acaba de conseguir DEZ PONTOS pelo seu bom comportamento!

Eu não conseguia mais me segurar.

— O QUÊEEEEEE?! Isto não é correto! Parece que o único jeito de recuperar minhas asas será puxando o seu saco... Quem você pensa que é?!

— Não sou nem mais nem menos que o seu instrutor, pequena! E, por me faltar com o respeito, acaba de ganhar VINTE PONTOS NEGATIVOS!

Joel continuou:

— E agora, se me dão licença, vou embora, pois tenho alguns assuntos para resolver. Voltarei em breve para passar a vocês mais instruções. — e, estalando os dedos, desapareceu.

GRRRRRR...! Que injustiça! Eu não esperava por isso... Ter Joel, outra vez, como meu tutor! Meu pior pesadelo se tornou realidade! O que mais esse tratante irá aprontar? GRRRRRR... Não quero nem pensar...! Mas não irei me render tão facilmente. Não importa o que vai acontecer... Eu já consegui superar um desafio dele uma vez e, custe o que custar, voltarei a superar novamente qualquer tipo de prova!

> Calendário do Tempo Infinito:
> 1ª era de serenidade eterna
> 1º dia, meio-dia, Pântano Pestilento

Isto é incrível! Não apenas iremos dormir em barracas de camping, no meio de um tenebroso pântano, como ele ainda pretende nos MATAR DE FOME!

Há pouco Joel nos informou que não deveríamos nos preocupar com a comida, pois receberíamos hoje um pacote com apetitosos alimentos para que possamos render o máximo em nossas provas. E vejam o que acaba de chegar ao nosso acampamento...

Uma caixa cheia de barrinhas energéticas e quatro cantis! Onde está a comida de verdade?!

Devem estar brincando conosco... Barrinhas Energéticas! Como consideram isso um alimento?! Fora os cantis, que vieram vazios e vamos precisar enchê-los! E, segundo a indicação do mapa, a fonte mais próxima se encontra a mais de uma hora de caminhada a partir do acampamento!

Lily, incrédula, começou a vasculhar o interior da caixa, e disse, enojada:

— O QUE é ISTO?! Deve ser algum tipo de engano... Estou acostumada a comer as maiores delícias do mundo! Impossível comer uma barrinha sabor "nãoseioquê", e mais difícil ainda ter que CAMINHAR para ir buscar água "natural". Preciso dos meus serviçais AGORA MESMO!

Verrier retrucou:

— Me parece que você precisa se acostumar a sua nova vida... Veja pelo lado positivo: estaremos em pleno contato com a natureza, respirando apenas ar puro e...

— Que ar puro coisa nenhuma! Aqui só tem lama e mais lama... Quero voltar para o Submundo AGORA! Estou farta daqui! Não aguento mais este local! — Lily gritou, e saiu andando, nervosa.

— Como é geniosa essa menina... Vamos dividir uma barrinha para provarmos o gosto, Estela? — perguntou Verrier.

Eu concordei, e comemos uma barra energética. Então, Ross e Nigrum começaram a caminhar para irem buscar água na fonte (fazer o quê?), e eu me ofereci para acompanhá-los. Nesse momento, Verrier me deu uma piscadela, passou a mão no meu cabelo e disse:

72

— Não se preocupe... eles voltarão em segurança. Vamos ficar por aqui, assim teremos mais tempo para nos conhecermos melhor, *ma chérie*! Me conte um pouco sobre Joel, o instrutor. Parece que você o conhece muito bem. — Já tive calafrios, apenas ao ouvir o nome dele...

— Pois é... primeiro ele foi meu tutor e depois meu supervisor, quando eu estava em treinamento em minhas atividades de Anjo do Amor. Embora ele seja um dos Mestres da Ordem mais respeitados, por suas proezas no campo do Amor, que são inúmeras, ele também é cruel, metódico, cara de pau e **IMPIEDOSO**!

— Caramba! Parece que você está descrevendo um dos nossos demônios! — comentou, entre risos, Verrier. — Muito bem, acredito que a experiência será interessante... Eu amo desafios!

— Acho que você não percebeu a gravidade da nossa situação... Eu, que conheço bem o Joel, tenho muito medo! As intenções dele e as provas que ele irá nos aplicar, poderão ser **TERRÍVEIS**!

— Estela, agora você não está mais sozinha. Eu estou contigo. E também Ross e Nigrum... e... bem, Lily, apesar de que ela costuma se preocupar apenas com ela mesma. Mas isso não importa, você terá ajuda o suficiente.

E continuamos a conversar bastante, sendo que eu poderia ficar o dia inteiro ao lado dele, pois Verrier é realmente encantador e acredito que ele pode vir a ser um grande amigo. Ele conseguiu me acalmar um pouco das minhas preocupações por causa das provas e, finalmente, me senti segura para encarar o que viria pela frente.

Joel, pode começar a ficar preocupado, pois agora eu não estou mais sozinha!

> Calendário do Tempo Infinito:
>
> 1ª era de serenidade eterna
>
> 2º dia, entardecer, Pântano Pestilento

Prestem atenção: nossa primeira prova é construir um CASTELO com MIL cômodos!
Bem, na realidade, DOIS CASTELOS!

Que tipo de prova é essa? Como podemos provar nosso valor para voltarmos a ser Anjos ou Demônios completos, TRABALHANDO COM CONSTRUÇÃO? Quem Joel pensa que é nos dando uma prova como essa? Claro, ele é nosso supervisor, mas... será que ninguém percebe que ele está fora do seu juízo perfeito?!

Pelo menos não sou a única indignada com tudo isso... No momento em que Ross e Nigrum voltavam ao acampamento, carregados com baldes de água, ouviu-se um grito estridente. Era Lily, que estava saindo da barraca, agitando os braços, furiosa. Eu cheguei mais perto para tentar ver o que estava acontecendo, e percebi que ela levava em seus braços um vestido de festa, com uma flecha de Cupido atravessada nele, onde estava enrolado um bilhete. Vocês sabem quem enviou a mensagem, não é?

Ross também chegou mais perto:

— O que aconteceu agora, Lily?

— Querido, veja o que fizeram comigo! Este vestido é um Gabbani original, feito exclusivamente para mim! Isto é um ultraje! E... e... buááááá!

Verrier, todo engraçadinho, disse:

— Não se preocupe tanto, esse vestido furado está mais na moda do que nunca! Ouvi dizer que na Cidade do Fogo, usar um vestido com furo está com tudo... Ou, se preferir, Nigrum pode trazer agulha e linha, e costurá-lo...

— Esse gato piolhento não tocará em meu vestido... e muito menos você!

Temendo o pior, soltei a carta da flecha e a li em voz alta.

Queridos pupilos do Céu e do Submundo,

Esta será a primeira prova de vocês: construir dois castelos com todo o necessário para alojar mil convidados em cada um. Segue uma pequena lista com as características que eles devem ter, e um desenho de como devem ficar quando prontos. Vocês precisam ser eficientes, e demonstrar vosso talento e bom gosto.

Vocês precisam trabalhar em equipes. Equipe A: será formada por Ross e Verrier; Equipe B: será formada pela pobre Lily, que precisará aguentar minha querida Estela como companheira. Vocês têm 24 horas para completar a prova. Puxa... é verdade, aqui vocês não têm como saber o horário! Tudo bem... assim ficará tudo mais emocionante, não é mesmo?

Felicitações de vosso carismático e simpático instrutor,

Joel

P.S.: Ah... Quase me esqueci: a equipe que quiser dar um toque de sofisticação ao castelo, tem a minha permissão para que a estátua da entrada seja do Grande Mestre Joel. Que a inspiração os acompanhem, queridos aprendizes.

P.S.2: Com certeza não quero nada de má qualidade, então peço que vocês se esforcem para os palácios serem sólidos e que sejam bem-acabados. Uma vez terminados, eles irão passar pela prova dos três porquinhos: "soprar e soprar, e, se o castelo não desmoronar, vinte pontos vocês irão ganhar".

Um castelo com MIL CÔMODOS? Quem irá se hospedar nele, uma cidade inteira? Fora que ninguém mora no Limbo...

Além disso, eu terei que formar uma dupla com Lily... Que desastre! Aposto que ela ficará o tempo inteiro reclamando de tudo!

Enfim, cansada e faminta (comemos apenas as barrinhas!), em um pântano cada vez mais mal-cheiroso, consegui um tempinho para descansar. Antes que eu entrasse na tenda, Ross se aproximou e, sorrindo, disse:

— Sem estresse... o que são dois castelos para nós, depois de tudo que vivemos, não é?

— Sim, pensando bem, o que você me fez passar no Instituto Esmeralda, torna todo restante mais fácil...

— Por acaso você não gostou?

— Como assim? Você acha que eu gostei de você ter brincado com os corações dos humanos?! — respondi a ele, atônita.

Então Ross se aproximou mais de mim, e, com um sorriso torto, sussurrou:

— Você sabe que não fiz aquilo para te prejudicar... fiz apenas para você perceber que...

Mas ele não conseguiu terminar a frase, pois Verrier apareceu.

— Ma chérie, irmãozinho, estas férias estão sendo super emocionantes, não acham? Dois castelos? Poderíamos construir mil deles! Tem muito terreno vazio por aqui... O Limbo é o lugar mais ermo que existe!

— Não diga isso, por favor! — eu o interrompi. — Se Joel escutar e gostar da ideia, só sairemos daqui depois de um ano, no mínimo!

Depois dei boa noite a eles e entrei na minha barraca, onde Nigrum se acomodou ao meu lado.

Estava nervosa e não queria pensar no que Ross havia tentado me dizer... Sabia que, na verdade, ele nunca quis fazer mal a ninguém, porque, apesar de ser um demônio, era do bem e tinha um ótimo coração... Além disso, havia dito que só tinha feito aquilo para eu perceber algo... Mas... o que seria? Eu não fazia ideia, mas iria investigar para descobrir.

E, quanto a Joel, eu não o deixaria mais me intimidar. Ele acha que vou desistir...? **Nada disso!** Se ele quer um castelo, ele terá! Apesar de que eu não sei por onde começar... Nunca fui muito boa em jogos de construção.

Embora esteja com muito sono, antes preciso pesquisar por feitiços que eu possa utilizar para construir coisas, mas... onde acharei isso? Talvez no meu Guia do Amor...

Afff... acho que precisarei estudar até de madrugada!

> Calendário do Tempo Infinito:
> 1ª era de serenidade eterna
> 3º dia, amanhecer, Pântano Pestilento

CONSEGUI UMA SOLUÇÃO! E NADA ME DETERÁ!

Ontem encontrei o feitiço perfeito para conseguir construir um castelo! É muito fácil!

Valeu a pena ficar estudando até tarde... Sorte que sempre levo comigo o "Manual Prático de 100 Feitiços para uma Missão Oficial"! Estou de ótimo humor e nem os chutes que a Lily me deu dormindo irão interferir no meu dia, que será genial!

Finalmente parou de chover e o pântano, agora, me parece um lugar mais agradável e bonito... Resolvi, então, me vestir para a ocasião. Gostaram? Será que estou parecendo uma verdadeira Construtora do Amor?

Primeiro, irei comer uma daquelas horríveis barrinhas de café da manhã, e depois seguirei para a minha prova.

Vamos lá, Estela!

> Calendário do Tempo Infinito:
>
> 1ª era de serenidade eterna
>
> 3º dia, início da manhã, Vale dos Sonhos

Anjos do Amor, me deem PACIÊNCIA, por favor!

Faz um tempinho que Lily e eu chegamos ao local onde devemos começar a construir o castelo, e sabe o que encontramos? Um vale magnífico, com um lago e flores por todos os lados! Além disso, a temperatura é muito agradável, com o sol brilhando acima e aquecendo o clima.

Não consigo compreender: com um lugar tão bonito assim, por que somos obrigados a acampar naquele maldito pântano? GRRRRRR...

Eu fico me perguntando: aonde será que o Joel está dormindo? Acho melhor não saber... ou ficarei ainda mais nervosa!

Ao chegarmos, encontramos algumas ferramentas e uma mesa para deixarmos os utensílios. Como eu já suspeitava, Lily não quer mover uma palha para construir os castelos. Ela pegou seu telefone celular e começou a procurar, como louca, um local onde tivesse sinal... Fala sério! Onde ela pensa que está?!

Após vê-la passar um tempo fazendo posições ridículas tentando encontrar sinal, Nigrum pigarreou e disse:

— Minha senhora, creio que aqui não há cobertura de celular...

— Era só o que faltava, seu Demônio Inferior com Patas! E agora, como irei chamar meus serviçais, para que façam o meu trabalho?

87

Tentando manter a calma, eu rebati:

— Lily, creio que, mesmo que você consiga telefonar a eles, que isto não servirá para nada, já que esta prova deve ser feita por nós, para que possamos mostrar nosso valor e esforço. Vamos, mãos à obra! Eu achei um feitiço, então nós duas...

Ela me cortou, olhando para mim de forma desafiadora:

— Para você, sou a Condessa Lilith, entendeu? E tente gravar isso em seu cérebro de mosquito: Eu não farei nenhum tipo de colaboração, ainda mais junto com um Anjo. Prefiro perder minhas asas para SEMPRE!

Então ela estalou os dedos e fez aparecer uma rede, coqueiros, um tocador de música e um refresco. Além disso, sua roupa havia se transformado em um biquíni. E ficamos assim: ela tomando sol e escutando música, enquanto eu me dedicava a reunir todos os elementos naturais necessários para realizar o feitiço...

GRRRRRR... Essa Condessa Dondoca...! Ela pode fazer o que quiser... Eu pretendo me esforçar e fazer o que for necessário para realizar a prova! Além disso, tenho Nigrum ao meu lado para me ajudar em tudo que for preciso! ^_^

> Calendário do Tempo Infinito:
> 1ª era de serenidade eterna
> 3º dia, meio-dia, Vale dos Sonhos

Vocês se lembram que eu disse que seria muito fácil? Bem, agora vocês podem ficar um pouco preocupados... porque a prova está sendo um DESASTRE!

Não entendo por que isto está acontecendo, já que encontrei um feitiço superfácil para realizar a prova de maneira rápida e eficaz... porém esse encantamento não está FUNCIONANDO! E olhem que fiz o feitiço exatamente ao pé da letra (aliás, continuo sozinha, pois Lily segue imóvel, sem mexer um músculo sequer... que menina cara de pau!).

Fiz o feitiço assim:

1. Eu juntei 5 kg de terra;
2. Enchi um balde com água;
3. Recolhi 20 gravetos caídos;
4. E deixei tudo em três montes separados;
5. Então desenhei em um papel um castelo muito bonito;
6. E recitei, com profunda concentração:

    "Vento, Madeira, Terra e Água, misturem sua essência para que o encantamento se torne realidade! Pelo poder dos Anjos do Amor, eu peço."

CONSTRUÇÃO DO CASTELO EM AÇÃO!

O feitiço era simples, MAS DEU TUDO ERRA-DOOOOO! O encantamento deveria ter criado um redemoinho mágico, que iria crescer pouco a pouco, misturando todos os elementos, até surgir um lindo castelo.

Desde o início, as coisas não saíram bem... O redemoinho de vento começou a montar os tijolos do castelo, mas a porta apareceu na parte alta da fachada, e, cada vez que ele colocava uma janela, era na direção errada... Não conseguia entender por que minha magia não estava funcionando!

Mas o pior de tudo foram as torres, já que cada uma apontava para uma direção diferente! QUE HORROR! Parecia a obra de um arquiteto maluco! Se eu não tivesse certeza absoluta de que havia colocado água no balde, teria pensado que talvez eu havia me confundido e colocado vinho, e por isso o redemoinho estava totalmente tonto! Eu precisava detê-lo, e rapidamente!

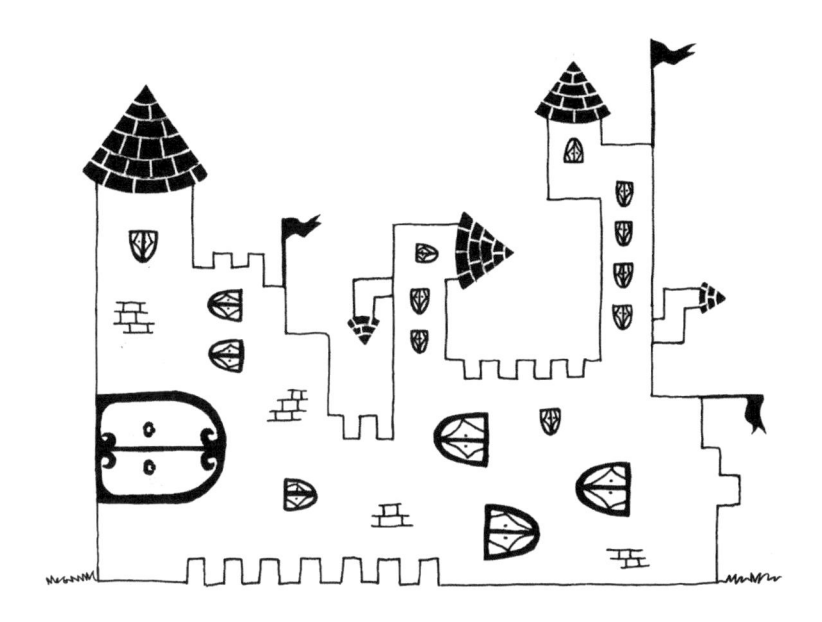

Tentei fazer o tufão perder a força, mas não consegui. Ele continuava colocando tudo no lugar errado... Só me restava uma opção: fazê-lo ir para o mais longe possível.

"Redemoinho que não quer deixar o castelo em paz, vai dar uma volta lá para trás!"

Finalmente ele parou de construir o castelo e começou a ir para o outro lado... só que ele estava indo bem na direção de Nigrum e Lily!

Comecei a gritar para os avisar, mas apenas Nigrum saiu correndo. Lily estava escutando música com fones de ouvido, a todo volume, e não percebeu o que estava acontecendo. E o redemoinho foi exatamente em cima dela. Então ela começou a girar e girar, gritando:

— Socooooorro! Alguémmmmm me ajuuuuude! Faça alguma coisa, seu Pássaro Celestial estúpidoooooo!

Ao começar a girar, Lily perdeu seus fones de ouvido e tocador de música, além de ter ficado suja e enlameada por causa do material que girava no redemoinho. Ela acabou aterrissando bem na minha frente...

— Mil desculpas, Lily, eu perdi o controle do tufão...

— Grrrrr... Duvido...! Veja só como eu fiquei! Você arruinou meu penteado maravilhoso! Te odeio e pode se preparar que irei me vingar!

95

Então ela deu meia volta e começou a caminhar de volta para o acampamento. Que ótimo... Se já não bastasse o louco do Joel na minha cola e contra mim, agora terei também uma Condessa do Submundo para completar o pacote!

O pior de tudo é pensar que, pelo fato de o feitiço não ter funcionado, eu possa estar perdendo meus poderes mágicos. Se isto for verdade, como irei conseguir superar a prova?

Ah, mãe do céu, o que irei fazer?!

> Calendário do Tempo Infinito:
> 1ª era de serenidade eterna
> 3º dia, anoitecer, Vale dos Sonhos

Como Verrier é simpático! Apesar de ele ser um Demônio do Submundo, é um ser ENCANTADOR! Aconteceu, quando eu achava estar tudo perdido, de ele me ajudar a terminar a prova com êxito! Vocês acreditam?

Um pouco depois de Lily ter ido embora, Verrier e Ross apareceram. Eles, segundo me contaram, também não estavam conseguindo usar sua magia. Então precisaram recorrer a Verrier e suas habilidades naturais.

A verdade — disse Verrier — é que no início estávamos batendo cabeça... Usamos um encantamento de nível avançado... e não acontecia NADA! Ross tentou criar uma ilusão de ótica, para depois transformá-la em algo real, mas isto também não deu certo... E olhe que nós nos esforçamos bastante! Mas, em vez de palácios sólidos, só conseguíamos construir castelos de areia, muito bonitos, porém pequenos e inúteis... Pareciam os castelos que Ross construía quando era pequeno e íamos passar férias na Praia Carvão, onde ele tomava banho de mar pelado...

Não consegui me segurar e comecei a rir.

— Que tal você parar de enrolar e ir direto ao ponto? — indagou Ross, envergonhado.

Verrier chegou mais perto de mim, e sussurrou:

— Um dia, se quiser, eu te mostro nosso álbum de família...

— VERRIER — gritou Ross, nervoso.

— Okay, okay... Não precisa ficar bravo, Ross. Aí, após várias horas tentando, no fim conseguimos terminar a prova. Veja só como nosso castelo ficou lindo, Estela!

Então, Verrier estalou os dedos e fez aparecer uma bola de cristal em suas mãos. Ele a esfregou três vezes e em seu interior surgiu uma imagem. **UAUUUUU! Que lindo!** A construção tinha um estilo árabe, com deslumbrantes portas, e janelas com molduras folheadas a ouro; além disso, as cúpulas eram orientais, pintadas em tons dourados. **O palácio era digno da morada de um sultão ou marajá!**

— Que preciosidade! Parece algo que saiu de um conto de fadas! — eu disse.

— Se quiser, você pode ser a princesa do castelo, ma chérie.

Eu suspirei:

— Neste momento eu preferiria ter o meu próprio castelo... Veja só que desastre o palácio que eu construí! Lily e eu, com certeza não conseguiremos completar a prova...!

— Veja só... uma construção abstrata... Até que não ficou tão ruim... Mas acredito que Joel não irá apreciar a sua arte... Ma chérie, deixe comigo!

Verrier, então, se aproximou do meu palácio e começou a tocar nas paredes, portas e janelas, enquanto sussurrava um cântico esquisito, e tudo que estava errado se acertava. Fiquei fascinada e perguntei a Ross:

— Como ele consegue fazer isso?

Ross cruzou os braços e chutou uma pedra.

— Por que você não me conta?

— Uffff... Meu irmão, além de ser o Príncipe da Desobediência, domina também os Elementos Naturais e é capaz de manipular qualquer um deles.

— Uau, Verrier é fantástico!

— Oh, sim, ele é o máximo... —disse Ross, de forma irônica.

— Você fica incomodado quando eu falo bem dele?

— Tanto faz... Para mim isso não faz a mínima diferença...

— Ross, você tem algum problema comigo?

— Acho que você não percebeu, né? Como você consegue ser esperta e tão tonta ao mesmo tempo?

— Ei...! Não é preciso ser tão grosso!

De longe, Verrier gritou:

— Estela, me conte aonde você quer que eu coloque a torre principal.

— Espere um momento que já estou indo! — respondi, e tentei continuar a conversa com Ross — Queria saber...

— Deixa pra lá... Anda logo que o "Príncipe Maravilhoso" está te chamando!

— Mas, Ross...

Então ele se virou e começou a caminhar de volta ao acampamento. Ross me desconcertava... Como ele podia ser tão amável e tão rabugento... Eu não conseguia entender por quê!

Quando Verrier terminou, meu castelo ficou esplêndido. Não conseguia acreditar! Estava fantástico!

— E um toque final, para que o palácio esteja à altura da minha princesa: luzes, brilhem!

Uau! Pelo menos umas mil luzes começaram a iluminar a fachada do castelo, dando a ele uma aparência maravilhosa! Agora, com certeza eu completaria a prova (apesar de ter tido uma "pequena" ajudinha).

Fiquei de queixo caído, admirando o castelo... E eu poderia ficar assim a noite inteira! Então Verrier deu uma risadinha, piscou um olho e me levou de volta para o acampamento.

Ao chegarmos, encontramos Lily dormindo profundamente na sua barraca, e Ross dormindo na dele.

Verrier e eu nos sentamos para papear um pouquinho, enquanto esperávamos pela chegada de Joel; isto se ele se dignar a aparecer, já que não deu sinal de vida durante o dia inteiro.

Espero que ele não demore muito!

Pessoal, daqui a pouco a gente se vê novamente!

> Calendário do Tempo Infinito:
> 1ª era de serenidade eterna
> 3º dia, quase meia-noite, Deserto de Gelo

De repente, flutuando no céu, apareceu um placar igual ao que vemos em estádios de futebol, com nossas fotos nele e um número abaixo delas. À esquerda, havia uma grande tela de televisão. Um *jingle*, do tipo que escutamos em programas populares de TV, começou a tocar a todo volume. Lily e Ross saíram de suas tendas sem entender nada. **O que significava todo aquele Carnaval?**

De repente a tela se iluminou... **e nela apareceu JOEL!** Ele estava vestindo uma jaqueta brilhante e segurando um microfone, **parecendo um apresentador de televisão!**

— Anjos e Demônios, meninos e meninas, chegou a hora de conhecerem sua pontuação na primeira prova. Não é emocionante? O desafio de vocês acaba de começar e vocês já finalizaram a primeira prova... Bem, lá vamos nós... Irei decidir agora quais castelos são realmente maravilhosos. O de Ross e Verrier me encanta, pela elegante forma e seu toque exótico. Já o de Lily e Estela tem um ar clássico, com muita personalidade. Mas preciso valorizar mais aspectos... Então, Príncipe Verrier, pela sua arte e bom gosto, receberá a pontuação máxima: **VINTE PONTOS.**

Príncipe Roshier, pela sua firmeza e energia, ganhará **VINTE PONTOS** também. Minha queridíssima Estela: por seus desastrosos esforços, embora ainda sejam válidos, **DEZ PONTOS**.

O QUÊEEEÊ?! Mas tudo bem... Na realidade, me parecia justo... Eu havia me esforçado, mas recebi também a ajuda de Verrier, então entendia a decisão de Joel.

— Condessa Lilith, por precisar suportar os terríveis contratempos que a Estela provocou, te darei uma premiação de **VINTE PONTOS**, que, somados aos que conseguiu por ser tão simpática, te colocam no topo do ranking com **QUARENTA PONTOS** acumulados. Ah... quase me esqueci! Na realidade, Estela, por causa dos seus pontos negativos, você vai ficar com **ZERO PONTOS**. Que conflito, meus queridos pupilos!

Lily fez uma reverência para a tela, contente com as palavras de Joel. Quanto a mim, meu sangue ferveu de raiva... Joel estava sendo muito injusto, mas não queria lhe dar a satisfação de ver-me chorar. Assim, engoli todo meu ódio e consegui me conter.

— Como sou um instrutor muito bondoso, enviarei a vocês um saboroso jantar, que será entregue em seu novo habitat. Aproveitem! Nos veremos no próximo episódio de Desafio no Limbo!

A tela então desapareceu e, de repente, o entorno mudou completamente, se transformando em um Deserto de Gelo. A temperatura despencou, no mínimo, uns vinte graus. **BRRRRRR!** Que frio! Meu corpo inteiro estava começando a tremer. Em seguida, uma caixa apareceu diante de nós. **Hummmm...!** Devia ser o nosso jantar! Uma sopinha quente, agora, seria ideal...

Nós cinco imediatamente atacamos a caixa. Estávamos famintos e mortos de frio! Mas... sabem o que tinha dentro da caixa? **PICOLÉS!** O alimento "ideal" para o ambiente... GRRRRRRR...!

Pelo menos, Joel teve a decência de transformar nossas barracas em iglus, e não precisamos construí-los também... **só faltava isso!**

É melhor eu ir dormir logo, antes que me converta em um cubo de gelo.

Tchau!

Calendário do Tempo Infinito:
1ª era de serenidade eterna
4º dia, amanhecer, Deserto de Gelo

Felizmente, hoje o dia seria livre, e, como eu precisava relaxar a cabeça após todo esse caos que estava vivendo, antes que alguém acordasse eu saí do meu iglu, transformei meu vestido em um traje quentinho de esquimó e fui dar uma caminhada para esticar as pernas e me movimentar.

Comecei a imaginar qual seria a segunda prova...

Eu não confio nem um pouco no Joel!

Com certeza, desta vez ele irá apelar para um golpe baixo... Além disso, terei que me esforçar muito mais, já que tenho ZERO PONTOS! Precisarei de pelo menos DUZENTOS PONTOS, o dobro dos demais, pois Joel adora me torturar...

Sem perceber, me afastei demais e acabei perdendo o acampamento de vista. Fora isso, o vento apagou minhas pegadas e não sei mais o caminho volta! **Que droga!** Vocês já viram um anjo que virou um boneco de neve?

Preciso me orientar urgente!

Até logo!

> Calendário do Tempo Infinito:
> 1ª era de serenidade eterna
> 4º dia, algumas horas depois, Deserto de Gelo

ESTOU HÁ VÁRIAS HORAS PERDIDA NA NEVE!

Eu não entendo... não havia ido tão longe e, no entanto, estava TOTALMENTE perdida! E não importa aonde eu fosse, toda a paisagem era igual: uma imensa vastidão, branca de neve e sem árvores.

SÓ TINHA ISSO PELA FRENTE!

Será que ninguém havia sentido minha falta? Estariam me buscando?

Bem... Lily, com certeza, não! Mas espero que Nigrum, Ross e Verrier estejam atrás de mim...

Será que, se eu me concentrar, consigo pedir uma ajuda telepática ao Joel? Porém, tenho medo de que a emenda seja pior que o soneto... Vai que ele resolve me dar mais **PONTOS NEGATIVOS!** É melhor esquecer essa opção...

Um momento... acho que, ao longe, estou conseguindo ver alguém... Me parece um menino! Será que ele está junto com alguém ou também está perdido como eu?

Desejem-me sorte!

> Calendário do Tempo Infinito:
> 1ª era de serenidade eterna
> 4º dia, meio-dia, Deserto de Gelo

FOI HORRÍVEL!

Se eu contar a experiência que tive, vocês irão ficar assustados! Parece que foi algo saído de um filme de terror! Sim, consegui voltar ao acampamento... mas foi quase um milagre! Estou escrevendo debaixo de dez cobertores e, mesmo assim, com um frio que não vai embora!

Vamos por partes... Como vocês se recordam, no início da manhã, eu estava perdida na neve quando, de repente, avistei um menino.

Quanto mais perto eu chegava, mais me passava a impressão de que o menino estava usando um smoking... No meio da neve? Será que ele tinha ido a um casamento? **Que esquisito!**

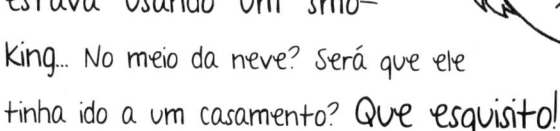

Quando fiquei mais perto dele, comecei a gritar:

— Ei, menino! Está sozinho?

O smoking estava sobre uma camisa branca... e ele estava calçando pés de pato! De repente, ele se virou e não era um menino... **era um pinguim!** Muito bonitinho, por sinal. Então cheguei mais perto e fiz um carinho na cabeça dele. **Que pele mais suave!**

Porém, de forma traiçoeira, ele me deu uma **MORDIDA!** Ai... que dor! E que dentes mais **FORTES!** Ele não me soltava de jeito nenhum!

Quando, finalmente, consegui me libertar, ele emitiu um som: KUEK, KUEK, KUEK...

E, para o meu terror ficar completo, começaram a sair mais pinguins de um lago próximo. **Todos mostrando os dentes e com o mesmo olhar assassino do primeiro!**

Tentei me concentrar, usando meu poder para conversar com eles, para ver se os deixava mais calmos:

— Pinguins, por favor, sou um Anjo do Amor. Não me machuquem... eu quero apenas encontrar o caminho de casa...

De repente, eles ficaram imóveis, em pose de kung-fu. Kung-fu? Dentes? Que tipo de pinguim eram aqueles? Kung-fuguins?

Eles começaram a grasnar como loucos, mostrando seus ENORMES dentes.

KUEK, KUEK, KUEK... Parecia que diziam: "COMIDA SABOROSA!" Sem olhar para trás, saí correndo sem saber para onde iria e os pinguins **começaram a me perseguir!** O que estava acontecendo aqui?! Desde quando pinguins sabiam correr como velocistas?

Eles estavam cada vez mais perto, e eu, ao não olhar onde estava pisando, caí numa vala na neve! **Pronto, estava frita!** Um anjo tão precioso como eu seria devorado por esse bando de kung-fuguins assassinos! Fora que eu estava sem forças para conseguir me tornar invisível...

Então, nesse momento, escutei umas vozes me chamando. Antes que os pinguins pulassem sobre mim, Ross saltou dentro da vala e me pegou nos braços. Ele, literalmente, me tirou do buraco e me deixou sobre um enorme bloco de gelo.

— Estas coisas só acontecem com você! Sorte sua que estou sempre por perto! — me disse Ross, e depois me deu um sorriso petulante.

Depois ele deu um salto para baixo e se juntou a Verrier, que havia acabado de chegar. Os pinguins, enfurecidos, partiram para cima deles. Os dois irmãos levantaram os braços ao mesmo tempo, e dirigiram seu ataque na direção daquelas aves do mal.

GRANDE PAREDE DE FOGO!

Assim, eles criaram um ardente muro protetor. Ao verem o fogo, os pinguins recuaram, grasnando como loucos. Embora um ou outro tenha tentado ultrapassar a barreira, eles acabaram se queimando e fizeram com que o restante, enfurecido, desistisse e fosse embora. O perigo havia passado, **mas por que o feitiço deles não sumia?**

Então, ouvi Verrier gritar:

— Oh, oh... algo não está indo bem... O fogo está...

— ... se voltando contra NÓS!

Eles estavam em perigo e eu precisava ajudá-los rapidamente! Então me concentrei e lancei um feitiço:

GRANDE FLOCO DE NEVE EM AÇÃO!

E começou uma chuva de mágicos flocos de neve, que apagaram pouco a pouco o fogo. **Ufaaaaa...! Que alívio!** Como no Limbo os encantamentos e feitiços não funcionavam bem, estava com medo de não conseguir...

— Estou muito feliz por encontrar vocês! — emocionada, dei um abraço em Ross.

Antes que Ross pudesse me responder, Verrier nos interrompeu e disse:

— Ma chérie! Eu também estou contente em te ver. Nunca iria permitir que algo de mal acontecesse a você!

— Pare de falar besteiras, Verrier! — contestou Ross.

— Por que você se importa tanto com o que eu falo, irmãozinho?

— Para começar, Estela NÃO é SUA namorada! Então NÃO trate ela dessa FORMA!

— E, por acaso, ele é SUA namorada? — disse, sorrindo, de forma irônica, Verrier.

Achei que Ross havia ficado corado com o comentário, mas foi algo rápido, pois logo ele se colocou novamente na defensiva.

— Deixe-me em paz!

— Meninos, por favor, não briguem... vocês dois são geniais. Acabaram de me salvar de uma manada de pinguins assassinos!

Enquanto isso, os flocos de neve continuavam caindo. Eram bonitos, mas cada vez ficavam maiores... Quando chegavam ao chão, em vez de se misturarem ao solo, estavam formando ENORMES bolas de neve! Assustados, começamos a correr, mas não fomos suficientemente rápidos e acabamos sendo ATROPELADOS por uma IMENSA bola de neve e ficamos PRESOS nela!

Estávamos rodando durante um bom tempo... Parecíamos hamsteres em uma bola! AFF... QUE ENJOO! Além disso, íamos nos chocando com tudo que havia pelo caminho! Era como um jogo de pinball gigante! Que dureza! Estava sentindo dores pelo meu corpo inteiro!

De repente, caiu um raio do céu e partiu a bola de neve ao meio, nos deixando chamuscados...

— O que foi isso, Estela?! Você não sabe nem lançar um feitiço direito? — indagou Ross.

— O que você disse? Claro que sei! Quem mal consegue dominar seus encantamentos é você!

— Crianças, me parece que não foram vocês... Acho que foi...

Verrier não conseguiu terminar a frase, pois um objeto metálico caiu em sua cabeça: **era uma maleta de primeiros socorros!**

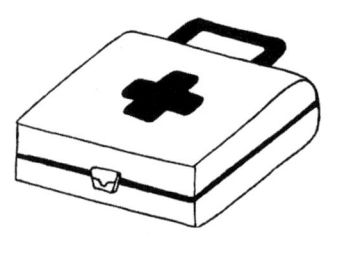

Abrimos a maleta e dentro dela havia todo o necessário para usarmos em nossos machucados. E também um bilhete.

Meus queridos pupilos:

Vocês estiveram a ponto de virar alimento dos meus amigos Pinguins Carnívoros do Limbo. Eu te pergunto, Estela, que ideia foi essa de entrar sozinha no território deles, logo na hora do almoço? Por acaso não leu "As Estranhas e Perigosas Criaturas do Limbo" escrito pelo Mestre Angel Aventura? Ainda bem que vocês não machucaram os pobrezinhos, já que eles estão correndo risco de extinção! Se fizessem isso, iriam acabar presos, seus malvados!

Ultimamente, vejo que vocês estão perdendo a habilidade de lançar feitiços e encantamentos... Não estão preocupados? Eu estaria, ainda mais pelo fato de estarem prestes a realizar a segunda prova! Não irei me estender mais no assunto, pois a TV Céu vai transmitir o último capítulo de "Corações Distantes" e não quero perdê-lo!

Vosso querido e sempre respeitoso instrutor,

Joel

P.S.: Deixo com vocês um pequeno estojo de primeiros socorros para tratarem suas feridas. Assim, ficarei mais tranquilo, pelo menos até amanhã...

P.S.2: Ops... Acho que esqueci de comentar sobre isso a vocês: para conseguirem voltar ao acampamento, precisam apenas dizer "CASA", e, automaticamente, retornarão. Mas tudo bem... acho que vocês se divertiram um pouco hoje e é isso que importa, não é mesmo?

Ross olhou para o céu e gritou:

— Isto não vai ficar assim, seu instrutor de meia tigela!

Já Verrier, apenas sorriu e disse:

— Ficaria encantado de poder te ajudar a curar seus machucados, Estela...

Ross, imediatamente, interrompeu:

— Nigrum irá cuidar disso, não se preocupe!

— Que pena... — respondeu Verrier, piscando um olho para mim. — Fica para a próxima!

E, por fim, retornamos de nosso cansativo dia ao acampamento. Assim que nos viu chegar, Lily saiu correndo para cuidar de Ross. Que mala essa menina! Não deixa ele em paz nem por um segundo! Affff....!

Estava tão cansada que entrei no iglu, junto com Nigrum, e não iria sair dele por nada neste mundo. Precisava descansar, para poder recuperar minhas forças para a prova de amanhã.

> Calendário do Tempo Infinito:
> 1ª era de serenidade eterna
> 5º dia, meio da manhã, Deserto de Gelo

A prova mais "doce" do mundo! Que cara de pau! Sabem qual é a segunda prova, para recuperarmos nossas asas? Fazer um bolo de baunilha e outro de chocolate... PARA DUAS MIL PESSOAS! A única coisa que sei fazer é fritar um ovo... Como farei um delicioso BOLO?!

Bem, pelo menos desta vez irei fazer a prova junto com Verrier, embora ele tenha me dito que seus bolos sempre saem um pouco queimados... Que bom que nós dois formamos uma dupla!

E, como sempre, as instruções chegaram através de uma encantadora carta de Joel... GRRRRRR...

Hoje, na primeira hora da manhã, surgiram cinco bolinhos com uma carta. Por um momento achei que ele havia sentido pena de nós e, depois de tudo que passamos, ele tinha nos mandado algo mais apetitoso que barrinhas...

Emocionada, eu mordi um bolinho... e quase quebrei meus dentes! Eles eram feitos de PEDRA! Mas pareciam muito REAIS, já que estavam artisticamente pintados!

Lily começou a rir.

— Hahahahaha... Você mereceu isso, por ser tão gulosa! — ela disse, gargalhando.

— Você não sabe diferenciar um bolinho real de um falso... E ainda assim pretende recuperar suas asas! — Lily completou.

Ross se aproximou, preocupado.

— Você está bem, Estela?

Eu fiz que sim com a cabeça, tentando segurar minhas lágrimas, incapaz de falar por causa da dor que estava sentindo. Aiiii...!

Verrier pegou o bilhete e começou a ler em voz alta.

Meus queridos:

Hoje é um dia esplêndido para vocês realizarem a prova mais doce do mundo. Vocês têm sorte, pois irão disfrutar esse desafio como se ainda fossem crianças... Além disso, se trata de uma tarefa muito fácil: vão precisar fazer apenas alguns bolos. Ross e Lily devem preparar um de baunilha, e Verrier e minha querida pupila Estela, um de chocolate. Não será muito divertido?

Pontualmente, às 17h, virei buscar os bolos e espero que esteja tudo pronto quando eu chegar.

Vosso queridíssimo instrutor,

Joel

P.S.: Ah...! Quase me esqueço de informar um pequeno detalhe, mas de grande importância... Os bolos devem ser para mil clientes, cada um. Boa sorte!

DUAS MIL PESSOAS OUTRA VEZ!?

Imaginem como deverão ser grandes esses bolos! Precisaremos fazer um bolo de uns vinte andares, no mínimo!

Serão necessários centenas de ovos, toneladas de farinha e mais um milhão de coisas!

Joel acha que nós somos máquinas?

Enfim, amigos, preciso ir, pois tenho que pesquisar uma receita no livro "1.000 Receitas para Subir ao Céu", do Mestre Glacê, e também consultar Nigrum, já que ele é um Servo Infernal e deve conhecer vários truques culinários (tomara que sim!).

Nos veremos em breve!

> Calendário do Tempo Infinito:
> 1ª era de serenidade eterna
> 5º dia, meio da tarde, Deserto de Gelo

Falta meia hora para as cinco da tarde e estou tremendo como um pudim. Pois, embora Nigrum tenha me ajudado, me passando sua lista secreta de "Bolos para Arrasar em uma Festa Infernal", não consigo deixar de pensar que a cozinha e eu somos incompatíveis... Acaba me vindo à mente o dia em que me ofereci como voluntária para assar os cookies de fim de ano do Instituto Nuvens Altas...

Muito animada, comprei os melhores ingredientes, passei horas executando a receita e, em vez de deliciosos biscoitos, servi massas carbonizadas e deformadas.

Nesse dia, a Clínica Fada dos Dentes recebeu mais visitas do que nunca... Desde então, para a segurança de todos, me mantive afastada da cozinha. Agora, em vez de assar bolos, cookies e tortas, eu apenas os devoro! ^___^

Mas agora é preciso tentar, então resolvi me preparar bem. Vejam! Me vesti como Confeiteira Celestial! E, além disso, fiz aparecer um batedor de claras, igual ao que o Mestre Glacê usa para preparar a massa com todo amor...

Vamos cozinhar!

> Calendário do Tempo Infinito:
> 1ª era de serenidade eterna
> 5º dia, tarde, Sala de Confeitaria.

Hummm... Tudo é perfeito demais: uma linda cozinha, muito espaço, todos os ingredientes ao nosso alcance... É algo estranhamente SUSPEITO!

Vou situar vocês... Às 17h em ponto, em frente aos nossos iglus, em vez de Joel, como ele havia prometido, apareceu uma porta onde se lia, em grandes letras em néon: SALA DE CONFEITARIA.

Ross abriu a porta e, quando deu um passo, DE-SAPARECEU!

Nós ficamos assustados e, com cautela, também entramos. De repente a porta se fechou, **deixando Nigrum para fora!**

Subitamente, nós aparecemos em uma cozinha enorme e COMPLETAMENTE EQUIPADA! Era maravilhosa! E tinha de tudo! Fogões, utensílios, ingredientes... Desconfiada, abri todos os fornos, vasculhei as prateleiras, olhei embaixo das mesas. Inclusive, abri o freezer, para ter certeza de que Joel não havia deixado alguma de suas "surpresas"...!

Enquanto isso, Lily ficava me gozando, dizendo que eu parecia uma louca. Eu não me importei! Com um mentor como o nosso, qualquer cuidado era pouco...!

Após uma inspeção minuciosa, eu relaxei um pouco.

— Bem — disse Ross —, parece que desta vez ele nos deixará fazer a prova em paz...

— Pode ser... embora seja melhor prevenir... — respondi.

Ross fez um carinho em meu rosto e não consegui evitar ficar corada.

— Não se preocupe, eu estou aqui e não deixarei que alguma coisa ruim te aconteça.

Meu coração disparou... Desde quando Ross era tão gentil?

Mas nosso momento durou pouco, pois logo Lily apareceu para nos interromper.

— Amorzinho! Temos um bolo pra fazer! Vamos logo! Será demais! Assim poderemos praticar para quando tivermos nossa pequena caverna no Submundo.

E, sorrindo de forma dissimulada, levou Ross para o outro lado da sala. Não sem antes pisar no meu pé, sorrateiramente, e me mostrar a língua enquanto se afastava.

Então, comecei a executar a receita. Com todos os ingredientes ao meu redor, para eu poder fazer um delicioso bolo. Que mais eu poderia pedir?

Até daqui a pouco!

> Calendário do Tempo Infinito:
> 1ª era de serenidade eterna
> 5º dia, entardecer, Sala de Confeitaria

A melhor coisa que eu poderia pedir? Trancar Lily na torre mais ALTA e DISTANTE de Nuvens Altas e jogar a chave longe! Desculpem... sei que um Anjo não deveria desejar isso... mas, entre ela e Joel, não sei quem é PIOR!

Vamos por partes. Após todas as verificações iniciais, cada equipe foi para uma das mesas, localizadas nos extremos da sala, e começou a trabalhar.

Para começar a fazer a massa, misturei a farinha junto com o açúcar, adicionei o fermento e o cacau em pó, em uma grande tigela. Quando ia colocar os ovos na mistura, eu tropecei no piso e derrubei tudo em cima de mim.

Verrier não conseguiu me ajudar, pois estava pré-aquecendo o forno. A gargalhada de Lily foi tão sonora, que chamou a atenção dos rapazes para o que tinha me acontecido.

Triste e envergonhada, tentei limpar tudo, recomecei o trabalho e consegui fazer uma massa compacta e uniforme. Foi uma vitória para mim!

Mas, quando fui levar a massa para Verrier, que estava untando a forma que usaríamos com manteiga... PLOFT!

Eu tropecei novamente e caí no chão! Aiii... que dor! Sorte que Verrier conseguiu segurar a massa antes de ela cair, e assim não foi necessário refazê-la! Foi nesse momento que percebi que o piso de cerâmica se levantava a cada passo que eu dava. Claro que eu iria cair! Zangada, me virei e vi que Lily ria baixinho... GRRRRR...!

Eu conjurei: "QUE O CHÃO FIQUE FIXO!", e ele parou de se mover. Ross me olhou, perplexo:

— Posso saber o que você está fazendo? Ficar olhando para o chão vai atrasar seu trabalho no bolo!

Quando eu ia dizer a ele que Lily estava me sabotando, só consegui GRASNAR como um pato. SIM, GRASNAR! Era o que me faltava! E o pior é que eu estava começando a mover meus braços como se fossem asas!

O que estava acontecendo comigo? Com certeza era mais um feitiço de Lily! E como estava sem voz, não poderia detê-la! Ross iria pensar que eu estava ficando louca!

— QUAC, QUAC, QUAC!

— Pare de fazer palhaçada, Estela! Este não é o momento para isso... Se você não se esforçar, não conseguirá pontuar! — disse Ross, bravo.

— Querido, não percebeu que ela quer nos distrair? Ignore-a ou perderemos a prova!

Lily e Ross continuaram trabalhando na massa do bolo. Então, Verrier tentou me ajudar.

PARE AGORA O MOVIMENTO DE PATO!

No entanto, em vez de parar o encantamento, eu comecei a zurrar como um burro:

— Ió, Ió, Ió...

— Que droga! Meus feitiços não estão funcionando! — exclamou Verrier. — Desculpe, Estela. Talvez o encantamento que farei agora doa um pouco, mas é necessário usar algo mais poderoso.

Eu concordei do jeito que deu. Nada importava, eu só queria parar de fazer sons de animais. No momento, eu estava começando a soltar coices, enquanto Ross me olhava de maneira crítica. E tudo era culpa da Lily! GRRRRRR... Realmente essa tipinha havia cegado Ross.

Verrier, então, juntou suas mãos e conjurou:

ATAQUE DE DEMÔNIO, PARE AGORA MESMO!

O feitiço funcionou, mas o tranco foi tão forte que me jogou até a bancada da cozinha, e eu acabei com a cara enterrada na tigela de chantilly! A gargalhada de Lily foi monumental.

— Hahahahaha, agora sim, você parece um completo palhaço! Ross, pegue um tomate e coloque no nariz dela... hahahahaha!

— Fique quieta, Lily, e se concentre em decorar nosso bolo! — disse Ross, zangado. — E vocês dois, parem de ficar brincando!

— Você não percebeu? Tudo que aconteceu foi culpa da sua "melhor amiga" — eu falei.

— Ela não é minha "melhor amiga" — replicou Ross.

— Tem razão, amorzinho... sou sua NAMORADA! — respondeu Lily.

— CHEGA! O tempo está se esgotando e, se continuarmos assim, não conseguiremos terminar os bolos dentro do tempo. Rápido, todo mundo trabalhando! — ordenou Ross, sem sequer me olhar.

Verrier me puxou para nossa parte da cozinha e sussurrou:

— Coloque a massa para assar. Enquanto isso, tentarei deter os feitiços de Lily antes que eles saiam das mãos dela...

— Ela ainda não parou? — perguntei, surpresa.

— Você não sabe do que essa Condessa Infernal é capaz! No Instituto Enxofre Ardente ela aterrorizou até os professores...!

— Sério? Que pena que ela não é um Anjo... Teria sido a aluna perfeita para o Mestre Joel!

Nós dois começamos a rir. Seria muito bom se Joel tivesse uma aluna como Lily... Com certeza ela conseguiria diminuir um pouco a arrogância dele!

Embora eu não fosse uma cozinheira maravilhosa, fiz o meu melhor, com afinco, enquanto Verrier vigiava Lily. No início não foi fácil, pois comecei a espirrar. Era por causa da pimenta! Mas Verrier conseguiu deter o feitiço Picante de Lily e, além disso, **o reverteu contra ela!** Isto fez com que ela passasse um bom tempo coçando o nariz! HAHAHAH-AHA!

Então, finalmente, graças aos truques do Mestre Glacê, e com a ajuda de seu fantástico batedor de claras, conseguimos **um maravilhoso bolo de chocolate!**

Agora, com Verrier controlando Lily, só precisamos montar e decorar a parte de cima do bolo. Espero que não haja mais "incidentes" e possamos terminar a prova dentro do tempo estabelecido.

Logo voltarei para contar o resultado a vocês!

> Calendário do Tempo Infinito:
> 1ª era de serenidade eterna
> 5º dia, tarde, Sala de Confeitaria

A torre mais alta não seria o suficiente para a Lily! Precisaria enviá-la para além das GALÁXIAS CONHECIDAS... talvez para um BURACO NEGRO! Ela arruinou tudo! Só espero que, desta vez, Joel seja imparcial com ela...

As duas equipes terminaram os bolos quase ao mesmo tempo. Tanto o da dupla de Ross quanto o nosso, ficaram lindos e pareciam deliciosos. Além disso, Lily não conseguia falar, pois Verrier havia feito um encantamento com ela chamado Mel nos Lábios. Assim, o silêncio reinava e era "CELESTIAL"... Hahahahaha

Ela parecia um tomate radioativo, bem vermelho, após tanto tempo sem conseguir soltar um pio!

Estávamos a ponto de abandonar a sala e retornar ao acampamento, para esperar pela pontuação, quando ela, muito malvada, conseguiu recuperar a voz e gritou, com toda a sua força:

ATAQUE EXPLOSIVO PARA BOLOS!

Assim, ela fez um forte ataque contra o nosso bolo! E não conseguimos evitá-lo! Nós ficamos atônitos de susto, ao ver nosso bolo cambaleando. Achamos que o perderíamos, mas, após algum tempo, ele estabilizou e não virou. Eu suspirei... Já que os feitiços não estavam funcionando direito, concluímos que tudo ficaria bem!

Ross fez marcação cerrada em cima de Lily para tentar evitar que ela lançasse outro ataque, e, de repente, notei que algo pegajoso tocava o meu ombro, e ouvi um grito gutural chegando pelas minhas costas...

ROARRRRR!

Ross e Verrier gritaram ao mesmo tempo:

— Estela, CUIDADO!

Me virei e vi que nosso bolo havia CRIADO VIDA! Sim, nele, literalmente, abriram OLHOS assustadores e uma grande BOCA com dentes afiados, além de MÃOS e PÉS!

Tentei fugir, mas a cobertura de chocolate estava derretendo e pingando, formando grandes poças grudentas ao redor do bolo. Assim que comecei a correr, eu apenas PATINAVA! Estava aterrorizada! Não queria ser devorada por um BOLO ZUMBI!

Ross chegou correndo e me pegou forte pela cintura, e fomos escorregando até o outro lado da cozinha, onde fiquei a salvo. Quando recobrei o fôlego, eu disse:

— Obri... obrigado, Ross!

— Não me agradeça ainda... Não tenho a mínima ideia de como deter esse bolo monstro!

Verrier, então, ficou frente a frente com o BOLO ZUMBI, e conjurou:

ATAQUE BOLO MONSTRO, PARE AGORA!

Porém, em vez de detê-lo, o feitiço fez o bolo se mover ainda MAIS RÁPIDO!

Neste momento, o BOLO ZUMBI atacou Verrier com uma calda de chocolate grudenta, jogando-o ao chão e o deixando fora de combate. Lily estava em cima de uma mesa. Mesmo tendo sido ela que havia provocado TUDO isso, ela não parava de gritar!

Era inacreditável! Ross praguejava em voz baixa, pois não sabia como parar o bolo monstro. De repente, aconteceu algo TERRÍVEL: o BOLO ZUMBI foi na direção do bolo de Ross e Lily, e comeu um GRANDE pedaço! Ele era um bolo CANIBAL!

A situação era assustadora! Se não conseguíssemos detê-lo, ele iria comer todo o bolo de baunilha e depois nos devoraria também!

— Por favor, Ross, faça alguma coisa... o tempo está se esgotando!

— Não se preocupe! Prometi a você que não deixaria nada de ruim te acontecer e assim o farei! — e então ele saiu correndo na direção do bolo canibal.

— Ei, você não deveria comer alguém da sua própria espécie! Isto não se faz!

PARE DE SE MEXER AGORA!

E O ENCANTAMENTO FUNCIONOU!
O bolo deixou de ser um monstro e tudo voltou ao normal! Mas as consequências do que aconteceu foram desoladoras...

Havia pedaços de bolo espalhados por toda a cozinha! A decoração dos bolos tinha estragado e só faltava meia hora para a prova terminar!

— E agora, o que faremos? Joel já deve estar chegando...

— Vamos trabalhar duro! — respondeu Ross. — Precisamos refazer os bolos, custe o que custar!

— Bem colocado, irmãozinho! Venha, Lily, ajude em algo ou perderá suas asas para sempre...!

A contragosto, Lily se pôs a fazer o que Verrier havia pedido. **Em apenas meia hora conseguimos reconstruir os dois bolos!** Não era bem o que Joel queria, mas, pelo menos, estaríamos **finalizando a prova!** Em vez de um bolo de chocolate e outro de baunilha, tínhamos dois bolos mesclados, **de BAUNILHA com CHOCOLATE!**

Agora só me restava aguardar o veredicto do meu pior pesadelo: **Joel!** Embora, na verdade, acredito que Lily está prestes a se tornar mais um terrível obstáculo que precisarei superar...

Nós veremos em breve!

> Calendário do Tempo Infinito:
> 1ª era de serenidade eterna
> 5º dia, anoitecer, Deserto de Gelo

Assim que chegamos ao acampamento, Joel apareceu também, vestido em traje de gala.

— Ora, ora... parece que tivemos alguns probleminhas nas regras por aqui... Fizeram um bolo mesclado, de baunilha e chocolate, não é? Bem... até que não foi uma ideia tão ruim... Pois assim, evitaremos que haja uma disputa entre os convidados pelo sabor dos bolos. Muito bem, voltando ao assunto principal, vou dar as pontuações individuais, já que estou com um pouco de pressa, porque espero uma visita. Vejamos... Condessa Lilith, por manter seu traje limpo e fazer encantamentos tão originais, **QUARENTA PONTOS**.

— Muito obrigada, meu querido instrutor! — disse Lily, curvando-se e fazendo uma exagerada reverência. — Me esforcei bastante para poder te agradar. Inclusive, ajudei a outra equipe para eles conseguirem terminar o bolo a tempo!

— O quêêêêê?! Você, na verdade, passou o tempo inteiro tentando nos sabotar! — eu exclamei, indignada.

Joel me ignorou e continuou falando:

— Príncipe Roshier, por ter remodelado o bolo, transformando-o em baunilha e chocolate, TRINTA PONTOS. Príncipe Verrier, por proteger tão bem minha querida pupila, VINTE PONTOS. E a você, Estela, por ser tão desastrada na cozinha, por não conseguir deter o BOLO ZUMBI, e fazer a Ordem dos Anjos do Amor passar vergonha, ZERO PONTOS.

O QUÊEEEEE?! Não consegui nem me defender de tamanha injustiça, pois assim que terminou de falar, Joel estalou os dedos e desapareceu. **Outra vez! Ele não foi correto!** Pouco me importa que ele dê pontos para Lily, enquanto eu não recebo nada. Porém, se continuar assim, nunca mais irei recuperar minhas asas!

Eu garanto a vocês que isto não irá ficar assim! Preciso descobrir aonde Joel está escondido, e ir lá para me defender. Além disso, tenho que me esforçar ao MÁXIMO na última prova! Apesar de ter minhas dúvidas se isto realmente me servirá para alguma coisa...

> Calendário do Tempo Infinito:
> 1ª era de serenidade eterna
> 6º dia, início da manhã, Arena do Deserto

Sem asas, sem pontos... e no meio do deserto, suando em bicas! Existe castigo pior? Eu realmente não sei mais o que esse perverso Anjo poderia fazer comigo...

Ontem, ao voltar ao acampamento, enquanto Lily não parava de se vangloriar da sua pontuação, eu me enfiei no iglu para descansar. Não estava com vontade de conversar com ninguém; inclusive, quando Nigrum entrou para me ver, eu fingi que estava dormindo. Precisava raciocinar, para pensar em como poderia recuperar minhas asas.

E, após todas essas experiências ruins, percebi que Lily faria o possível para me sabotar, então só me restava uma opção: encontrar Joel e, cara a cara, passar tudo a limpo! Estou cansada de ele me tratar como uma principiante, afinal, já sou um completo Anjo do Amor e ele precisa me respeitar como tal! Assim, decidi ir atrás desse MESTRE LOUCO E DESCOBRIR SEU PARADEIRO!

Em uma de suas cartas, ele comentou que estava assistindo a um programa de TV, e por isso tentei rastrear no ar as ondas eletromagnéticas para chegar até ele. Se eu me perder, preciso apenas dizer "CASA" e retornarei ao acampamento. Vocês não acham que é uma boa ideia?

Embora, na verdade, conseguir encontrá-lo será um pouco mais difícil do que o esperado...

Ainda hoje, ao despertar, senti muito, muito calor... Nosso iglu havia desaparecido, e Lily e eu estávamos dormindo em uma TENDA árabe, do tipo usado no deserto, branca e espaçosa, repleta de almofadas coloridas.

Esfreguei para meus olhos, para ter certeza de que não estava sonhando, e saí da tenda para explorar o ambiente...

O sol brilhava em um exuberante céu azul, mas...
estávamos no meio do DESERTO!

Havia apenas dunas de areia, sem vegetação! E o pior é que, a cada minuto, fazia mais calor!

Ao perceber o que havia acontecido, Lily se recusou a sair da tenda, com medo de ter sua pele queimada por causa do sol.

Fui encontrar os meninos, para conversar sobre nossa nova situação, mas Ross e Verrier ainda estavam dormindo. Apesar de chamá-los várias vezes, eles não acordavam... A luta contra o bolo monstro deve ter os deixado cansados e esgotados. Apenas Nigrum estava acordado.

Expliquei a ele o meu plano e ele se ofereceu para me acompanhar. Além disso, me disse que provavelmente sabia aonde Joel estava escondido (embora não quisesse me contar como tinha descoberto isso). Apenas consegui saber que ele e Ross passaram alguns dias tentando seguir o rastro de Joel... Mas por que fizeram isso?

Nigrum começou a ficar nervoso, então resolvi parar de questioná-lo. Agora era preciso seguir em frente e tentar localizar Joel. Inclusive, troquei meu traje por um mais apropriado ao deserto. Não ficou bonitinho?

Vocês vão ver! Eu, Estela, um Anjo do Amor entre Dunas, acharei Joel e o farei refletir sobre tudo. Bem.. pelo menos tentarei!

Até logo!

Calendário do Tempo Infinito:
1ª era de serenidade eterna
6º dia, início da manhã, Arena do Deserto

BRRRRRRR... Que frio! Não imaginava que no deserto a temperatura variava tanto, entre o calor do dia e o gelado da noite! Mas não é isso que vocês querem saber, não é verdade? Então vamos direto ao ponto. Muito concentrada e com grande esforço, eu conjurei, esta manhã:

"Ondas magnéticas que viajam pelo espaço levando entretenimento e amor, mostrem-me aonde está o mais próximo televisor."

E FUNCIONOU!

Bem, quase... porque, mesmo que pareça mentira, no Limbo devem existir mais televisores, pois, quando comecei a busca, captei várias interferências de aparelhos de TV diferentes. Ainda bem que as coordenadas informadas por Nigrum me ajudaram muito na localização!

Graças a elas, notei que havia um sinal que ficava cada vez mais intenso. Assim, após nos perdermos no deserto, atravessarmos uma tempestade de areia e cairmos rolando por várias dunas, eu e Nigrum chegamos até um portão que dava acesso a um OÁSIS MAGNÍFICO! Que tinha palmeiras, lago, camelos e uma bela e enorme casa de madeira, com todos os luxos possíveis! Tinha até uma jacuzzi na parte externa!

Não conseguia acreditar!

Enquanto nós estávamos super mal acomodados no acampamento, primeiro em um pântano, depois no gelo e agora no deserto, Joel estava vivendo nessa maravilhosa casa de campo! GRRRRRRR... Que raiva!

Fazer o quê...? No portão havia algo que parecia um porteiro automático, igual ao que tinha nas Oficinas Celestiais. Ainda que estivesse com vontade de ir até a casa de Joel e socar a porta, como sou um Anjinho muito educado, toquei a campainha. Nesse momento, uma pequena tela começou a piscar, e depois apareceu a imagem de Joel sorrindo.

Eu ia falar, mas ele foi mais rápido:

— Olá! Agora estou ocupado com coisas mais importantes e não posso lhe atender. Deixe sua mensagem após o sinal que, quando eu tiver um tempinho em minha apertada agenda, talvez eu lhe responda....

E continuou:

— Obrigado pela visita e agora você pode voltar de onde veio. PIIIIIIIII...

Após alguns segundos, a imagem desapareceu. **Era uma gravação! Que cara de pau!** Nem se deu ao trabalho de me receber! Joel estava muito enganado se achava que eu iria deixar-lhe uma mensagem e retornar ao acampamento!

Eu toquei novamente a campainha. Bem... não só toquei, como fiquei segurando o botão do intercomunicador apertado até meu dedo ficar branco!

E, embora estivesse com o dedo doendo, pelo menos achava que desta forma eu captaria a atenção de Joel.

E consegui! A tela se acendeu novamente, mas, desta vez, quem apareceu foi o próprio Joel.

— Afff, Estela, por favor... Você não poderia ter deixado uma mensagem na secretária eletrônica? Por acaso você não frequentou a aula de Boas Maneiras do Mestre Gentileza? Irei recomendar ao Mestre Daniel que você passe uma boa temporada por lá, para ver se aprende a se portar; isto se você conseguir sair daqui, porque, do jeito que está indo...

— É exatamente sobre isso que gostaria de conversar com você! Se me permite entrar, gostaria de esclarecer alguns fatos que não me parecem justos...

— Ah, minha querida Estela! A Justiça! Ficaria encantado em lhe dar uma excelente aula sobre o assunto, mas, no momento, estou com uma visit... quer dizer, estou ocupado. Então, eu te desculpo e gostaria que você fosse embora.

— Você me desculpa?! Que falta de respeito! Não irei arredar o pé daqui até você me escutar!

— Ai, meu Deus... haja paciência! Se eu fizer isso, você irá embora?

— Sim, claro.

— Vamos, fale logo!

— Joel, eu imploro a você que acabe com esse castigo. Meus companheiros se esforçaram bastante. Pode fazer o que quiser comigo, mas devolva as asas deles e deixe-os ir embora. Aceitarei todas as provas que você me passar, mesmo que elas não sigam as regras tradicionais...

— Oh, que nobre! Veio aqui pedir que eu devolva as asas de seus companheiros! No entanto, eles já estão quase as conseguindo de volta, diferentemente de VOCÊ!

— Claro que não estou... você, desde o início, não para de me BOICOTAR! Joel, sou um Anjo do Amor que...

— Que desobedeceu um Tratado! Portanto, eu TRATEI de te TRATAR da maneira que você merecia ser TRATADA! Enfim, serafim, agora preciso ir embora! Volte logo para o acampamento, antes que alguém saiba que você esteve aqui e descubra que é minha protegida...

— Sua PROTEGIDA? Como você tem coragem de...

— Hum... O que você disse? Parece que há uma interferência... Não ouço nada... Prepare-se para a terceira prova, você vai precisar!

E continuou:

— Ah... e teus companheiros também! Foi bonito ter vindo aqui para ajudá-los, mas preciso ser justo com todos, então, tchau, tchau, Querubim Sem Asas...

De repente, a tela do portão se apagou. Ele havia SUMIDO! GRRRRRR...! Resolvi escalar e pular o portão. Faria o que fosse necessário para que Ross e seus companheiros regressassem ao Submundo com suas asas!

— Nigrum, vamos falar cara a cara com Joel!

— Estela, não tenho um bom pressentimento... Algo me diz que não deveríamos ultrapassar o portão.

— Não esquenta... não há nada mais que podemos fazer...

Saltamos o portão e, quando estávamos no meio do caminho até o bangalô, ao passarmos pelas primeiras palmeiras, ouvimos vozes gritando:

"ALARME, INTRUSOS, ALARME, INTRUSOS, proteção Nível 1"

Parecia que as vozes saíam das palmeiras, mas isto era impossível! Ali, não havia nada mais!

Sem entrar em pânico, continuamos andando pelo caminho até a casa de Joel. E, então, voltamos a ouvir as mesmas vozes:

"ALARME, INTRUSOS, ALARME, INTRUSOS, proteção Nível 2"

Nesse momento, começaram a cair COCOS em cima de nós!

Eles vinham de todas as palmeiras... mas só tinham um alvo: a minha cabeça!

PUM! Aiiiii... PIMBA! Uiiiii... POW! Auchhhh...

Peguei Nigrum nos braços, para tentar avançar, mas o chão havia virado um MAR DE COCOS!

Não conseguia andar!

Eu estava de joelhos, tentando suportar o ataque, quando, do nada, apareceu uma capa branca que nos cobriu, protegendo-nos.

— Ora, ora... você é um IMÃ de problemas!

Ross estava diante de nós, sorrindo de forma insolente. Ele estava vestido como um Príncipe do Deserto, muito bonito. Eu fiquei corada ao vê-lo...

176

— De onde você saiu? — perguntei a ele.

— Isto, agora, não importa... Eu vim aqui, como sempre, para te salvar! Não sei o que você aprendeu em Nuvens Altas, mas com certeza não te ensinaram a se proteger... Você deveria ter um demônio na sua vida, princesa! — ele me disse isso, piscando um olho. — Agora precisamos voltar ao acampamento. Não conseguirei conter por muito mais tempo esse ataque furioso de cocos...

— Ao acampamento? Mas ainda não consegui falar com Joel! E, a propósito, o que você está fazendo aqui?

— Cheguei antes de vocês, então não preciso responder isso. Vamos logo ou você irá se arrepender!

— Sei cuidar de mim mesma!

— Difícil acreditar nisso... — ele respondeu, com sarcasmo.

Me levantei e saí da capa de Ross. Com Nigrum em meus braços, tentei atravessar a montanha de cocos, enquanto Ross nos seguia de perto. De repente, a chuva de cocos parou. Então Ross ficou ao meu lado, enquanto Nigrum pulou para o solo.

— Estela, precisamos ir embora — Ross ordenou.

— Agora? Mas o alarme acabou de desativar! Você não entende! Preciso falar com ele! Espere-me aqui, se quiser, mas eu realmente preciso fazer isso.

— Como você é teimosa!

Ele sorriu, deu um passo à frente e chutou um coco.

— Aiiiii...! — queixou-se uma voz, vinda de algum lugar.

— De onde veio essa voz? — perguntei, curiosa.

— Parece que veio do chão... Embora não sei como... — respondeu Ross, pensativo.

Então uma ideia maluca veio à minha cabeça: OS COCOS! Eu me agachei e peguei um nas mãos; quando o examinei, percebi que estava certa: o coco tinha pequenos olhos e uma boca apertada, que sorriu maliciosamente!

Com uma voz aguda, ele gritou:

"INTRUSOS, INTRUSOS, Proteção Nível 3"

Ainda chocada, eu exclamei:

— Veja, Ross, eles estão vivos!

Eu deixei o coco no chão e passei a examiná-lo, desconfiada. Obviamente, era mesmo um coco! Ainda bem que não lancei nenhum feitiço neles, na hora da chuva... Com certeza, Joel havia se apoderado deles em benefício próprio! Pobrezinhos...

Nigrum, que estava farejando os cocos, nos advertiu:

— Meu amo e Estela, eu não confiaria neles... algo aqui não me cheira bem!

— Não é possível, Nigrum, eles são muito bonitinhos! — eu disse, e depois perguntei para o coquinho: — Pequeno, não é verdade que vocês não querem nos machucar?

— INTRUSOS, PIIIIII... INTRUSOS, PIIIIII... INTRUSOS... —o coco continuou dizendo, com um tom de voz suave.

Nesse momento, escutamos um grande e sonoro "PRRRRRRRRRT". E o coco lançou uma nuvem de gás violeta diretamente na minha cara! AFFF! Que peste! Agora entendi por que o coco estava rindo! QUE PEQUENO DELINQUENTE!

Ross começou a tossir.

— Que cheiro fedido!

— Como um coco podre! — completou Nigrum.

— Hahahahaha! Ainda bem que ele não soltou isso na minha cara! — zombou Ross.

— Pobrezinho...! — eu disse, tapando o nariz. — Acho que ele não teve a intenção...

— Para quem não pretendia fazer isso, ele até fez de forma tranquila... E deixou um perfume muito especial em você... Hehe!

Ross não mudou nada... Ainda continua rindo de mim, mesmo em uma situação assim...! Grrrr... Justo nesse instante, todos os cocos que estavam no chão se viraram e também começaram a rir, enquanto gritavam:

"INTRUSOS, INTRUSOS, Proteção Nível 3"

E, de repente, começamos a ouvir:

"PRRRRRRT"

"PRRRRRRRRRRRT"

"PRRRRRRRRRRRRRRRRT"

Nuvens e mais nuvens de vapor violeta começaram a sair dos cocos! QUE HORROR! Quase não se podia respirar!

— INTRUSOS, PIIIIII... INTRUSOS, PIIIIII...

E então ouvimos um "PRRRRRRRRRRRRR RRRRRRRRRRRRRRT", tão largo e sonoro, que fez o chão tremer. Os cocos não paravam de rir! E depois começou a se formar uma espessa neblina violeta, mais fedida do que nunca!

Era insuportável! E mesmo assim eu não pensava em ir embora sem falar com Joel!

— Debo... chegar... até... Joel... — eu disse, tapando meu nariz com os dedos. — Bão embora, meninos... por fabor...

— Não, Estela! Não dá para respirar com esse odor abominável! É impossível prosseguir! — respondeu Ross, de forma taxativa.

— Bas é que...

— Estela, por favor! Se continuarmos, iremos acabar desmaiando...!

Na verdade, o cheiro era horrível e eu estava enjoada. Tentei seguir em frente, mas estava sem forças. Se eu caísse no chão, entre os cocos, provavelmente não conseguiria me levantar. Ross me deixou sem opção. Ele me pegou pela cintura, sem me dar tempo de reagir, e gritou: "CASA".

Nesse momento, chegamos ao acampamento sem problemas, exceto para mim, já que o odor pestilento havia grudado no meu corpo...

Ross estava zombando de mim, até que Verrier, ao nos ouvir, saiu da tenda para falar conosco. Estava preocupado porque não havíamos dado sinal de vida durante todo o dia, e tampouco tínhamos deixado um bilhete. Me senti culpada, mas o assunto com Joel era algo pessoal e queria solucioná-lo sem envolver ninguém.

— Nossa! De onde vocês vieram? De uma fábrica de bombas fedidas? Hahaha...

— Tivemos um "pequeno incidente" com COCOS AROMÁTICOS... — respondeu Ross.

— Hein? Cocos o quê....?

— Eram uns cocos que soltavam "flatulências"... Conte para ele, Estela! Você esteve "cara a cara" com eles... hahahahaha.

Enquanto Ross caçoava de mim, eu lancei um olhar fulminante contra ele. Mais uma vez, estava gozando de mim! Será que ele, algum dia, irá parar de fazer isso?

— Não se preocupe, Estela — disse Verrier, me tranquilizando. — Com certeza iremos achar um antídoto para esse cheiro! — e depois piscou um olho para mim.

— Obrigado, Verrier.

— Por nada, ma chérie. Volto já!

Ele saiu com Nigrum e, nesse momento, Ross aproveitou para continuar a zombar de mim.

— "Por nada, ma chérie. Volto já!" — repetiu Ross, imitando Verrier. — Por aí dá para ver o quanto ele é pegajoso e entediante...!

— Pelo menos ele é muito mais gentil e educado comigo do que você! — respondi, furiosa.

— Verdade? Então por que vocês não formam logo um casal?

— Por acaso está com ciúme?

— Eu? Vai sonhando...!

Neste momento, Verrier voltou. Ele carregava uma estranha poção verde nas mãos. Assim que viu o irmão chegar, Ross foi embora para a sua tenda, irritado.

— Não encontrei nada melhor por aqui, ma chérie. Não tem muito, mas tem o suficiente. O ideal seria você tomar tudo em um só gole...

— Está bem — respondi.

Fechei meus olhos e tomei tudo, de uma só vez, sem respirar...

Verrier tinha razão! O sabor era muito ruim, mas, em poucos segundos, o cheiro que estava em mim desapareceu completamente!

— Funcionou! — exclamei, aliviada. — Muito obrigada, Verrier! Você foi muito amável!

— Estou sempre ao seu dispor! — ele disse, me dando um sorriso. — Muito bem... por que, agora, você não me conta o que aconteceu?

Ficamos conversando por um bom tempo. Ao anoitecer, nos despedimos para ir dormir em nossas respectivas **TENDAS**. Lá dentro, encontrei Lily estirada, ocupando o maior espaço possível, e roncando... Assim, precisei encontrar um pequeno lugar na tenda para me deitar, e passei um tempo acordada pensando em Ross...

Sempre que estou perto dele, sinto que meu coração bate mais rápido... Apesar de Ross passar os dias me aborrecendo, **mesmo assim não consigo parar de pensar nele!** Espero conseguir resolver esse mistério algum dia...

Boa noite a todos!

Calendário do Tempo Infinito:
1ª era de serenidade eterna
1º dia, meio-dia, Arena do Deserto

NYKKKKKKKKKKKKKKKK!

Um grande barulho começou a ecoar no acampamento. Debaixo de uma palmeira próxima, apareceu um par de alto-falantes, uma caixa de som e 4 microfones, além de uma tela, do tipo usado em **KARAOKÊS**. Em um dos microfones estava grudado um bilhete, que Ross tirou e começou a ler:

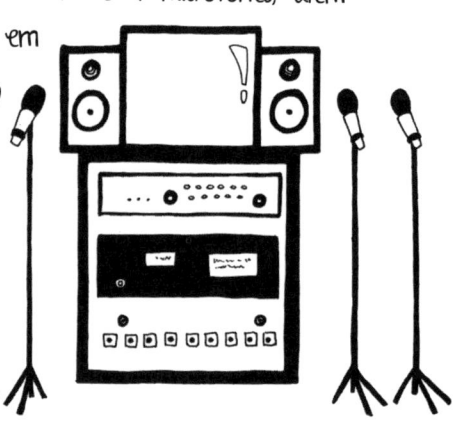

Meus preciosos pupilos,

Escrevo para lhes passar uma terceira prova moleza. Algo para preencher a tarde de vocês. Em quarenta e oito horas, precisam entrar em cena no palco e interpretar uma canção, vestindo sua melhor roupa. Estou deixando um karaokê para que vocês possam praticar constantemente o repertório que escolhi, até terem decorado tudo. Espero que estejam tão entusiasmados como eu. Impaciente para ver o show de vocês, me despeço, pois preciso tomar um banho de sol.

Do instrutor que vos aprecia profundamente,

Joel

P.S.: Ah, já estava quase esquecendo! Para que seja muito mais EMOCIONANTE, decidi fazer um TUDO ou NADA. Desde já, não importa mais a quantidade de pontos que vocês têm. Quem não conseguir triunfar na última prova, estará desclassificado da competição.

CANTAR? Joel estava perdendo a noção! GLUP... Eu nunca consegui ir bem nas aulas de canto...! A Mestra Dulce Melodia sempre me colocava na última fileira, nas apresentações, para que eu não arruinasse ou desconcertasse o restante do grupo com a minha desafinação...

Ao ver meus companheiros, percebi que Lily estava exultante, rindo como uma louca e dizendo que recuperaria suas asas facilmente. Ela entrou na tenda, pois falou que precisava de privacidade para aquecer sua voz de veludo. Os meninos ficaram pálidos.

— Estamos perdidos...!

— O que aconteceu? — eu perguntei.

— É a Lily... Ela canta muito mal! — disse Ross. — Da última vez, ela quis fazer um concerto de "DIVA do POP", **mas quebrou todos os vidros do auditório com a sua voz!**

— Como metade dos Demônios Inferiores tem medo dela, ficaram aplaudindo a apresentação... Embora, depois, tenham ficado por mais de uma semana com uma forte dor de ouvido... — completou Verrier.

— Mas, se ela quebrou todos os vidros, por que ela acredita que canta bem?

— Porque ela não entende que "cantar bem" NÃO é igual a "gritar"! — respondeu Ross.

— Tenho certeza de que se a buzina de um caminhão lançasse um disco, ela seria a primeira pessoa a comprá-lo! Hehe — brincou Verrier.

O repertório do karaokê era composto por CEM MÚSICAS! Vocês acreditam? Ensaiar apenas uma canção já seria sofrido... imaginem ter que decorar TODAS as músicas? Vai ser TERRÍVEL!

Então, de repente, no mesmo microfone de antes, apareceu outro bilhete de Joel pendurado:

Como ainda não me decidi por uma canção, quero que vocês pratiquem todas, e, um pouco antes de entrarem em cena, avisarei qual escolhi. Vão ensaiar logo! Qualquer tempinho, fará falta depois! Hahahahaha...

Vejam só o que nos espera: aprender a cantar em quarenta e oito horas, memorizando as CEM MÚSICAS! Bem, se é isso que precisamos fazer para recuperar nossas asas, é isso que faremos!

Vamos cantar!

> Calendário do Tempo Infinito:
> 1ª era de serenidade eterna
> 8º dia, meio-dia, Arena do Deserto

Faltam apenas oito horas para o concerto!

Joel nos enviou uma mensagem esta manhã, no qual dizia que, por causa de um "IMPREVISTO NÃO PREVISTO", precisaria adiantar a terceira prova. E que às cinco da tarde, deveríamos andar DEZ quilômetros até o norte, para chegar ao cenário do concerto, e esperar atrás das cortinas.

Dez quilômetros andando debaixo deste sol? Vamos chegar desidratados! Além disso, ainda precisamos aprender várias canções! Que coisa de louco!

E não é só isso... Estamos morrendo de sono, já que passamos a noite praticando o repertório! Acabamos dormindo agarrados aos microfones... Ainda bem que Verrier nos preparou um remédio natural para nos fazer cantar afinados. **Funcionou, e estamos conseguindo cantar muito bem!** Como Lily se recusou a tomar a poção, Verrier, sem ela perceber, colocou o remédio na água de coco que tomamos pela manhã... Hehe...

Nigrum passou a noite inteira costurando roupas para nós, no estilo "estrelas do Rock", com linhas Infernais. **Os trajes ficaram fantásticos!**

Agora, amigos, **só nos resta arrasar nas canções!**

Vamos fazer o palco tremer!

> Calendário do Tempo Infinito:
> 1ª era de serenidade eterna
> 8º dia, anoitecer, Grande Palco

Tremer o palco? Quem está tremendo sou eu! Joel está a cada dia mais **LOUCO**! Esta não é uma prova, é uma **PEGADINHA**!

Duramente, aprendemos quase todas as canções. Chegamos ao local suados, esgotados e cheios de areia... Após três horas de caminhada, avistamos a parte traseira de um grande palco. As cortinas estavam fechadas. No início da escada de acesso ao palco, havia um enorme baú. Sobre a tampa dele, tinha mais um bilhete do Joel. **Certeza que, após nos fazer andar tanto, ele não iria aparecer! GRRRR...**

Meus queridos alunos,

Aqui dentro, há os trajes que vocês irão usar para triunfar. Talvez vocês achem que não os merecem, e não queiram aceitar a oferta. Por favor, não sejam modestos! Afinal, quem não usar estas roupas, estará automaticamente desclassificado. No baú, também encontrarão a música que devem cantar. Não me decepcionem!

Se apresentem, jovens, com atenção, que o show vai começar!

Do grande e magistral,

Joel

P.S.: Aproveitando a prova, e para fazê-la mais emocionante, eu organizei um pequeno encontro com alguns conhecidos... Gostaram da notícia, hein?!

P.S.2: A prova começa... AGORA! O PÚBLICO já está cansado de esperar, e eles são VIPs!

Abrimos o baú e descobrimos que deveríamos cantar a música "A Ovelhinha que Não Conseguia Parar de Dançar". E não era apenas isso... precisaríamos usar uns TRAJES RIDÍCULOS!

Tivemos que nos vestir como animais. Ross, de lobo; Lily, de gata; Verrier, de cachorro; e eu, de ovelha.

Mas isto não foi o pior... Teríamos que apresentar uma canção infantil! Uma música enorme e que tem diálogos entre as estrofes!

De forma relutante, trocamos de roupa.

E, pra variar, fiquei com a roupa mais **RIDÍCULA!** Quase não conseguia me mexer! Já Verrier parecia ter adorado os trajes, pois não parava de fazer piadas com nossas vestimentas.

De repente, a cortina se abriu, e eu quase desmaiei ao ver a quantidade de pessoas na plateia... Devia ter mais de duzentas pessoas sentadas, entre Anjos e Demônios! Eram os sábios do Conselho Maior. Mas... o que eles faziam aqui?

Joel subiu ao palco, segurando um microfone:

— Boa noite, Grandes Mestres da Terceira Idade do Céu e Submundo! Sejam benvindos ao show, que já vai começar! Esta noite, nossas estrelas irão animar nosso encontro com um espetáculo colossal!

"Por favor, mantenham desligados seus telefones celulares. É proibido gravar áudio ou vídeo e tirar fotos, pois se o espetáculo for divulgado 'misteriosamente' no Demontube corremos o risco de perder nossos ganhos, já que na saída teremos à venda o DVD do show, além de camisetas e souvenirs.

"Não se esqueçam que, junto a suas poltronas, vocês podem encontrar tomates maduros para jogar em nossos artistas, caso assim o desejem.

"Que comece o show! Um forte aplauso para Estela, Lily, Ross e Verrier, 'Os Azarados Não Alados'!"

QUE HORROR!

Não apenas iríamos passar vergonha, como faríamos isso diante das autoridades máximas dos dois mundos!

Em que roubada Joel nos enfiou? O que tinha a ver essa reunião com a nossa prova?

A música começou e recebemos poucos aplausos. A maioria das pessoas é tão idosa, que duvido que tenha escutado alguma coisa...

Fui escalada para iniciar e comecei a cantar a primeira estrofe:

OVELHA: "Desde pequena, não consigo parar de dançar e dançar, e é por isso que não paro de cantar."

CACHORRO: "Ovelhinha, você não está só! Desde que nasci, não consigo parar de latir. Me dê sua mão agora, vamos latir e dançar, e juntos poderemos caminhar!"

GATA: "Você é muito tontinha, ovelhinha, que em vez de cantar só pensa em bailar. Eu passo o dia miando, sem pensar se alguém vai reclamar. Muito cuidado ao cantar, pois se o lobo escutar, com certeza ele vai querer te almoçar."

PLOFTTTT! Pronto, os primeiros tomates foram atirados ao palco... E ainda estávamos apenas começando!

OVELHA: Não, não, o lobo não quero encontrar, não deixarei ele me devorar!

LOBO: Ouvi alguém me chamar... Tenho que correr sem parar, para a ovelhinha eu caçar.

OVELHA: "Por que, lobinho, em vez de me comer, não prefere meu amigo ser?"

E, após essas primeiras estrofes, começamos um número musical no qual saltávamos de um lado para o outro do palco. Dava até a impressão de que a plateia cochilava de vez em quando... Não duvido! Afinal, essa música é muito CHATA! Apesar de sonolento, o público continuava a jogar tomates sem parar! Então avistei Joel. Era ele que atirava tomates em nós! Estava na primeira fila, divertindo-se com isso! Grrrrrr...!

Não consegui me conter! Sem pensar duas vezes, levantei meu braço e gritei:

"Cortinas, se fechem, por favor, desculpem-nos por este papelão!"

E depois fui conversar com o grupo.

— Precisamos fazer algo diferente! O público está quase dormindo!

— Não estou surpresa com isso... já que você se apresentou muito mal! — respondeu Lily.

— Não se trata disso! Joel está aprontando algo... se fracassarmos, ele nos deixará sem asas!

— Mas o que podemos fazer? Se pudéssemos, pelo menos, oferecer um bom espetáculo... — indagou Ross, pensativo.

Sim, era isso!
Teríamos que dar um SHOW de verdade!
E eu sabia para quem apelar...
Precisaria invocar as Musas!

Eu falei para todos, com um sorriso nos lábios:

— Tive uma ideia! **Deixem-me um pouco a sós, e eu darei a vocês a melhor canção da história!** — eu disse, confiante. — Preciso apenas de um tempinho... Tentem, por favor, distrair um pouco a plateia.

Nigrum apareceu com bolas de malabares.

— Permita-me ajudá-la, Estela. Meu amo, se recorda quando era pequeno e eu o entretinha para que você comesse sua papinha? Posso tentar a sorte, agora, para ganharmos um pouco de tempo...

Ross ficou corado.

— O que você disse, Nigrum? Eu nunca comi papinha! E você jamais me entreteve! Além disso, eu... eu nunca fui... pequeno, não é...? Estou... Annn... Quer dizer... Bem, faça o seu melhor, Nigrum, obrigado!

— E nós, o que podemos fazer para ajudar enquanto isso? — perguntou Verrier.

— Coloquem os trajes que Nigrum costurou para nós e vamos nos preparar para fazer um grande concerto!

Embora no Limbo meus poderes estejam mais fracos, e chamar as Musas iria requerer um grande esforço, precisaria ter esperança e tentar, não só por minha causa, mas principalmente para ajudar meus companheiros a recuperarem suas asas.

"Oh, Musas protetoras, mandem-me uma grande canção, e façam nossa apresentação ser um êxito sem comparação.
Eu vos suplico, escutem minha oração."

Sentia minhas forças indo embora, mas não podia desistir. Eu estava cada vez mais fraca, a ponto de cair, quando senti umas mãos amparando as minhas, com suavidade... **Era Ross!** Ele me deu um sorriso e disse:

— Você não está só! Deixe-me te ajudar. Utilize também meu poder!

Concentrei-me e senti que a energia dele estava fluindo em meu corpo. Olhando para o infinito, eu gritei:

GRANDE CANÇÃO DE SUCESSO DAS MUSAS!

Então, diante de mim, apareceram mágicas notas musicais no ar. **Que maravilha!** As Musas me enviaram quatro Talismãs! Esses objetos, em forma de notas musicais, servem para dar confiança no palco, mas, acima de tudo, **para inspirar a criação das mais belas canções de Amor!**

Fiquei tão feliz, que acabei abraçando Ross, eufórica:

— Muito obrigado! Conseguimos!

Ao soltá-lo, percebi o que havia feito e fiquei morta de vergonha...

— Venha, vamos... — eu disse, para mudar logo de assunto —, que precisamos trocar de roupa.

Colocamos os trajes que Nigrum havia costurado. UAUUUU! Eram sensacionais! Ficamos ótimos neles! Eu dei uma nota musical mágica a cada um, e pedi que prendessem nas roupas, como se fosse um button.

— Com um BROCHE? É com isso que você acha que iremos recuperar NOSSAS ASAS? Mais um truque barato "Angelical"... — grunhiu Lily.

— Mesmo sendo uma Condessa, você não consegue enxergar a mais de um palmo do seu nariz! Você não sabe o que a Estela acabou de nos dar, não é mesmo? — perguntou Verrier, atônito. — Isto é uma nota musical das Musas! Você apenas deve deixar que a canção flua naturalmente... e pronto!

— Que fique clara uma coisa: Apenas usarei esse broche porque ele combina com meu vestido! Mas eu não acredito nessa passarinha desplumada!

Olhei para ela e dei um sorriso.

— Tanto faz... o importante é usar durante a apresentação!

Verrier foi até o palco buscar Nigrum, que estava coberto de tomates.

— Não existe pior público do que esses Demônios! Além disso, o Mestre Joel ainda estava atiçando eles... E olhe que eu não derrubei uma bola sequer na minha apresentação!

Lily decorou o palco de forma moderna e Verrier fez instrumentos musicais aparecerem. Ross arrumou o som e, ao terminar, veio me buscar.

— Antes de começarmos, queria te dizer que... você ficou muito bonita com essa roupa...

— Ehhh... você também...

— Embora você tenha ficado fraca por ter invocado as Musas, acho que foi uma ótima ideia, Estela!

— Sem você, eu não teria conseguido! Então vamos lá... recuperar nossas asas!

Ross segurou minha mão e me levou até o palco. As cortinas se abriram. Os espectadores arregalaram os olhos, surpresos. Eu peguei o microfone.

— Boa noite a todos! Espero que gostem do espetáculo que criamos para vocês!

A inspiração se apoderou de mim. Simmm! As Musas criaram a Canção do Amor! Eu comecei a cantar. A música era cheia de ritmo e muito cativante!

"Se você se esforça
de coração,
nunca nada será
errado.
Não deixe de lutar
para conseguir o
que importa
de verdade.
Por isso, amigo,
venha comigo
seja anjo ou
demônio
sempre cuidarei bem
de você.
Porque juntos
venceremos,
porque juntos
aprenderemos,
porque juntos poderemos
ser
quem nós mesmos
quisermos."

Foi um sucesso avassalador! O público, em pé, não parava de aplaudir!

Por causa da inspiração das Musas, com suas notas, continuamos a compor músicas. A plateia estava nos ovacionando e ficava pedindo "Bis, Bis, Bis". Ficamos animados e acabamos dando um concerto de mais de uma hora!

FOI UM MOMENTO HISTÓRICO! Os anciões mais veneráveis, de ambos os mundos, unidos por um tempo! E tudo graças as nossas canções! Tivemos que tocar CINCO VEZES a Canção do Amor, antes que as cortinas se fechassem!

No fim do show, Lily foi até um grupo de demônios que queria um autógrafo dela nas asas. Verrier jogou seu bracelete para o público e algumas velhinhas angelicais começaram a brigar por ele.

Comecei a chorar de emoção, mas, ao mesmo tempo, também de tristeza. Ross me abraçou.

— Você foi fantástica hoje!

— Mas não iremos recuperar nossas asas, porque não completamos a apresentação que Joel nos passou. E ficaremos sem elas PARA SEMPRE!

Ross secou minhas lágrimas com um lenço.

— Sabe de uma coisa, Estela? Tanto faz... Passar estes dias aqui, no Limbo, só me fizeram perceber que apenas uma coisa importa para mim...

Nesse momento, meu coração disparou... BUM, BUM, BUM, BUM... Olhamos nos olhos, um do outro... e ele pegou nas minhas mãos...

— Ora, ora... o que está acontecendo?

Ross e eu nos soltamos, imediatamente. Era o JOEL! Eu já ia dar uma resposta atravessada a ele, quando percebi que Joel estava acompanhado pelo Grande Juiz do Inferno e pelo Mestre Daniel. GLUP...! Será que iríamos receber nosso veredicto AGORA? Pelo menos os três não estavam com uma expressão tão séria...

Eu queria saber o que Ross estava tentando me dizer, e isso me deixava inquieta... Mas, neste momento, o que mais importava era conhecer o veredicto de Joel... Será que conseguiremos sair do Limbo com as nossas asas? Acredito que muito em breve iremos descobrir a resposta...

O que acontecerá conosco?

> Calendário do Tempo Infinito:
> 1ª era de serenidade eterna
> 8º dia, anoitecer, Sala Principal do Palácio

INCRÍVEL! Joel continuava a judiar de nós! Primeiro nos obrigou a construir dois castelos, depois a fazer bolos gigantescos, e na terceira prova tivemos que nos apresentar diante de uma plateia lotada de Anjos e Demônio! E a falta de respeito dele não parou por aí! Preciso me acalmar um pouco, para poder contar a vocês o que aconteceu...

Onde estávamos? Ah, sim...! Joel foi nos encontrar, acompanhado pelo Mestre Daniel e pelo Grande Juiz do Inferno. ERA O MOMENTO DE RECEBERMOS O VEREDICTO FINAL!

Eu estava tremendo, e não sabia se era por causa das palavras de Ross, que haviam me deixado confusa, ou se era pelo medo de perder minhas asas. Estava tão concentrada em meus pensamentos, que fiz uma reverência com tanto ímpeto e acabei perdendo o equilíbrio. **Ao cair, dei uma cabeçada na barriga do Grande Juiz do Inferno! Auchhhh...! Acho que irei ficar com um galo na cabeça por causa da pancada...!**

Joel começou a rir como um louco.

— Hahahahaha, suas trapalhadas sempre conseguem me surpreender, querida! Vai nos alegrar com mais uma piruela ou podemos ir direto ao ponto?

O Mestre Daniel chamou Lily, Verrier e Nigrum, que ainda estavam atendendo os espectadores. Seu tom de voz era muito sério.

De repente, nossos trajes voltaram ao normal e nós aparecemos na sala principal do castelo construído por Ross e Verrier.

— Muito bem... — iniciou Joel. — Que linda noite esta, que reuniu Anjos e Demônios! Que espetáculo maravilhoso! Quanta diversão! Que bom que vocês aprenderam as canções que EU MESMO passei a vocês!

Que ELE nos PASSOU? Diversão? Eu ainda estava com coceira pelo meu corpo inteiro por causa do maldito traje de ovelha que ele me fez usar! Fora os tomates que ele atirou em nós! Que vontade de rebater essas mentiras! Mas eu não podia perder a cabeça ou ele iria usar isso como desculpa para nos fazer perder as nossas asas para sempre...

O Grande Juiz do Inferno pigarreou impaciente. O Mestre Daniel franziu o rosto. E Joel continuou com seu discurso:

— Bem, meus queridos alunos, que eu tenho cuidado de forma exemplar durante esses dias... blá, blá, blá... e com quem eu tenho conversado bastante, passando orientações e... blá, blá, blá...

Ele não parava de falar! Ficava contando mil histórias sobre o maravilhoso tempo que passamos juntos no Limbo!

Como Joel consegue ser tão cara de pau....?! Ross, Lily, Verrier e Nigrum olhavam para ele, boquiabertos.

— Pupilos que eu tratei melhor do que trato a mim mesmo, e blá, blá, blá... aos quais ofereci minha sabedoria, para torná-los pessoas melhores, e blá, blá, blá...

O Grande Juiz do Inferno levou uma das mãos aos seus chifres. Estava cada vez mais vermelho e impaciente... e voltou a pigarrear com força. O Mestre Daniel deu um passo à frente e colocou a mão sobre o ombro de Joel, que se calou imediatamente.

— Se me permite, estimado Mestre Joel, acredito que o Grande Juiz do Inferno está com um pouco de pressa. Então iremos dar o veredicto: Condessa Lilith, Anjo em prática Estela, Príncipes Roshier e Verrier, queremos lhes **AGRADECER**. É nosso dever congratular o duro trabalho que tiveram, sem esperar nada em troca, ao lado de Joel. Acontece que, sem a colaboração voluntária de vocês, não teríamos aproveitado tanto o nosso **Festival Anual de Sábios do Céu e do Submundo**, um encontro que realizamos há mais de mil milênios no Limbo!

Um encontro entre Anjos e Demônios? Jamais havia ouvido coisa semelhante! Além disso, por que ele havia dito "colaboração voluntária" se o espetáculo tinha sido parte do nosso castigo?

O Mestre Daniel continuou:

— Mas, acima de tudo, gostaríamos de AGRADECER a vocês, pois, a partir da convivência que tiveram aqui no Limbo, durante esses dias, percebemos que estávamos equivocados. E, apesar de terem infringido o **Tratado de Equilíbrio**, o dia a dia de vocês nos permitiu enxergar que esse Tratado está totalmente defasado. Os tempos mudaram, e são os jovens Anjos e Demônios que devem nos mostrar o caminho do futuro. Somos diferentes na essência, e sempre seremos, mas por que não podemos conviver bem e, inclusive, sermos amigos, entendendo as nossas diferenças? É por isso que, por causa de vocês quatro, o **Tratado de Equilíbrio** será substituído por um novo pacto: o **Tratado de Respeito Mútuo entre Anjos e Demônios**, que será conhecido como "VREL" em homenagem a vocês. O que acham disso?

Sem poder conter meu entusiasmo, eu disse:

— Achei FANTÁSTICO!

— Fantástico?! — disse Lily, torcendo o nariz. — Não entendo o que a maldita inicial de Estela está fazendo entre a minha e a do meu amorzinho! Assim que eu chegar ao Submundo, escreverei uma carta de reclamação para a Associação de Revisão de Nomes Sem Sentido.

Eu ignorei os comentários de Lily... e não fui a única: Verrier e Ross não paravam de sorrir! QUE MARAVILHA!

Com esse novo Tratado, eu poderia pedir, sempre que quisesse, uma autorização para visitar o Submundo e encontrar meus amigos, e eles poderiam fazer o mesmo, indo até Nuvens Altas!

Então, o Grande Juiz do Inferno tomou a palavra:

— Caros jovens, aproveitem suas últimas horas no Limbo, pois, esta noite, todos vocês irão retornar para seus locais de origem e terão reestabelecidas suas funções. Vocês, jovens demônios, eu os esperarei, antes do amanhecer, na Estação do Limbo. No Submundo há várias tarefas árduas que vocês precisam resolver. E quanto a você, Estela, suponho que uma nova missão te aguarda, quando retornar para casa...

— Então, recuperamos nossas asas? — perguntei, entusiasmada.

— Sim, claro. Vocês quatro.

O Mestre Daniel e o Juiz do Inferno disseram algo entre eles, em voz baixa. De repente, ambos levantaram os braços e conjuraram:

"Pelo poder da Justiça, que as asas desses jovens renasçam e os ajudem a seguir seus caminhos!

Então, uma cálida luz envolveu a todos e eu comecei a sentir cócegas nas minhas costas...

AS MINHAS PRECIOSAS ASAS ESTAVAM VOLTANDO!

E as de Ross, Verrier e Lily também! Estávamos tão contentes que começamos a gritar de alegria e a nos abraçar (menos Lily, claro, que sequer tocou em mim).

— Calma, calma... ainda não terminamos! O Mestre Joel precisa passar seu veredicto! — disse o Mestre Daniel.

JOEL?! Por que ele estava falando isso? Não entendi o que estava acontecendo...

— Mestre Joel, você cumpriu sua função. Cuidou muito bem desses jovens rebeldes e conseguiu que eles voltassem a merecer as asas.

Mas ele havia feito o possível para fracassarmos!

— E não foi apenas isso, Mestre Joel. Você também conseguiu cumprir de forma exemplar o seu castigo: organizou, com perfeição, nosso Festival Anual, construindo dois magníficos castelos; nos deliciou com bolos muito benfeitos; e nos fez deleitar com canções maravilhosas que emocionaram a todos...

Lily explodiu:

— O QUÊÊÊÊÊ?! Mas Joel Não fez nada! Fizemos tudo sozinhos! Principalmente eu!

— VOCÊ? Mas você não moveu uma palha sequer em todas as provas! — respondi, indignada.

Nesse momento, o Mestre Daniel mudou sua feição:

— Provas? De que provas eles estão falando, Joel?

— Nada, nada, Mestre! Esses jovens... Foi um pequeno joguinho, sem importância alguma... Bem, é melhor irmos logo ou ficaremos sem bolo!

— JOEL! SOBRE O QUE ELES ESTAVAM FALANDO? — perguntou, em voz alta, o Grande Juiz, fazendo o palácio inteiro tremer.

— Ele nos disse que se não passássemos em três provas nunca iríamos recuperar nossas a... — tentei explicar

Nesse momento, Joel me segurou com os braços e tapou minha boca com a mão.

— Ei, Estela, como você é tagarela! Deixe o Mestre Daniel decretar minha absolvição...

O Grande Juiz do Inferno encarou Joel:

— Quer dizer que, em vez de VOCÊ MESMO fazer, usou esses jovens para que eles fizessem TODO o seu trabalho? Acredito que você voltou a fazer suas jogadas indevidas, não é mesmo?

— Euuuuu? Nunquinha... estou cheio de calos nas mãos de tanto trabalhar! Vejam só! — e estendeu suas mãos, que tinham a pele lisinha e macia como a de um bebê.

Parecia que a qualquer momento o Grande Juiz iria agarrar Joel pelo pescoço. O Mestre Daniel se virou e perguntou diretamente a mim:

— Estela, é verdade que o Mestre Daniel não fez nada e que tudo foi obra de vocês? E é verdade que ele disse que vocês não iriam recuperar suas asas caso não fizessem o que ele pedia?

— Pois é... Sim! Nós pensávamos que estávamos em um acampamento de trabalho e que as tarefas eram o nosso castigo...

O Mestre Daniel se voltou para Joel, e deu o olhar mais severo que já vi. Nesse momento, quase senti mais medo dele do que do Juiz do Inferno!

— Joel, desta vez você foi longe demais. Você já estava sendo castigado por não ter cumprido sua missão anterior, quando deixou Estela sozinha na Terra, responsável por TUDO! Agora, em vez de organizar nossa Reunião, acabou agindo da mesma forma!

— Você enganou os jovens e, o que é pior, ENGANOU A TODOS NÓS!

— Mas Mestre... Só fiz isso para que eles não se aborrecessem durante a estadia no Limbo, e...

— BASTA! Está na hora de você receber seu merecido castigo!

Então, o Mestre Daniel e o Grande Juiz entreolharam-se de forma cúmplice. E o Juiz do Inferno, com um sorriso malicioso, disse:

— Joel, você terá a honra de inaugurar nosso novo Tratado: será o primeiro Anjo a trabalhar, oficialmente, no Submundo. Sua missão será de suma importância, pois nosso "futuro" estará em suas mãos... Será encarregado de cuidar, proteger e instruir a classe primária dos alunos mais malcriados do Submundo:

OS TRIDENTES ESPETA TRASEIROS!

— Cuidar de crianças? Por favor, não façam isto comigo! Seus pequenos do Submundo são terríveis! Com certeza irão me perseguir, querendo arrancar minhas preciosas penas das asas! Eu deixarei você me ganhar no xadrez! E irei preparar aqueles bolinhos de enxofre que você tanto gosta!

— Que se cumpra a sentença! — disse o Mestre Daniel.

Nesse momento, apareceu um buraco mágico no chão, e Joel caiu dentro dele, enquanto gritava:

— Por favorrrrr! Não me mandemmmm cuidar dessas crianças diabólicasssss! Nãooooo...!

Embora ele tenha merecido, senti uma ponta de pena de Joel por causa do castigo... De qualquer jeito, o Mestre Daniel me explicou que, na realidade, será um castigo menos severo do que parece, pois, se Joel tiver problemas com os pequenos diabinhos, o Juiz do Inferno levantará a mão para impor sua autoridade! **A boa notícia é que ficarei livre durante um tempo das embromações de Joel!**

> Calendário do Tempo Infinito:
> 1ª era de serenidade eterna
> 9º dia, amanhecer, Grande Palco

Depois do veredicto, fomos para a festa, que começou após o nosso espetáculo.

Estou esgotada! Fiquei a noite inteira mexendo o esqueleto! Verrier é um dançarino nato, e Nigrum não fica atrás no quesito dança! Lily, por sua vez, ficou me atormentando o tempo inteiro. Porém, não vi Ross... ele sumiu!

Era o momento de se despedir, e eu ia procurar Ross, quando apareceu Verrier. Eu sorri para ele, meio desanimada...

— Qual é o problema, ma chérie?

— É que... vou sentir saudades de vocês! Foram tantos dias juntos...

— Não se preocupe que nos veremos em breve! Vamos, se alegre! Não quero te ver assim!

— Você sabe onde Ross está?

— Meu irmão nunca gostou de despedidas...

Tentei me animar um pouco. Me sentia tão confusa... Mas Verrier é tão alto astral que é capaz de dar um sorriso mesmo nos momentos mais difíceis! Nos abraçamos e, nesse instante, apareceu Nigrum.

— Nigrum! Também irei sentir muito a sua falta! Espero que um dia voltemos a nos ver...!

— Estela, devo regressar ao Submundo com meus amos, mas te deixarei isto para que possa me chamar sempre que precisar. É só fazê-lo soar que irei aparecer no mesmo momento.

Ele me deu um sino mágico, guardado em um pequeno estojo.

— Sentirei saudades, meninos. Se cuidem e tomem cuidado com Joel, pois agora ele está no território de vocês!

— Faremos isso, ma chérie. Se cuide também!

— Adeus, Estela!

Eu acariciei a cabeça de Nigrum e fui embora, incapaz de conter minhas lágrimas.

Snif... Snif...

> Calendário do Tempo Infinito:
> 1ª era de serenidade eterna
> 9º dia, manhã, Arena do Deserto

A hora de partir estava próxima, e eu precisaria ir até o acampamento recolher as minhas coisas. Foi impossível despedir-me de Lily... quando tentei chegar perto, ela se virou e voou em direção aos seus fãs, que haviam adorado as músicas "dela"...

Affff... Essa menina é muito complicada!

Então percorri o caminho até o acampamento, debaixo da luz das estrelas, e, quando cheguei lá, encontrei Ross! Ele estava sentado sobre uma pedra, me esperando...

Ao me ver, ele se levantou.

— Ora, ora... Quer dizer que você ia embora sem se despedir de mim? Depois de tudo que fiz por você?

— Você? Me diga o que fez por mim, além de ficar me azucrinando o tempo inteiro?

— Por acaso você não se lembra do dia que te salvei dos COCOS PESTILENTOS?
Eu havia acabado de conversar com Joel...

— Então era você que estava com ele? Por quê?

Ross chegou mais perto e acariciou minhas asas.

— Fui suplicar a ele que te devolvesse essas asas tão bonitas. Você fica tão bem com elas que seria uma pena perdê-las...

— O que você ofereceu a ele em troca?

— Hummm... nada...

— Ross!

— Me ofereci ser o serviçal dele por toda a eternidade.

— Por que fez isso?

— De que me serviria ser um Demônio do Amor, se eu não pudesse azucrinar o Anjinho mais lindo do Universo?

Ross acariciou minhas mãos. Ele se importava comigo de verdade! Eu comecei a chorar. Ele me abraçou. Não acreditava que ele havia feito isso por mim... Se ofereceu para ser serviçal do maníaco do Joel!

Meu coração batia tão forte, que parecia que iria pular para fora do meu peito. Ross me olhou profundamente nos olhos. Estava tão bonito... E eu... **Eu estava muito confusa!** Ele começou a chegar mais perto... **Será que iria me beijar?**

Fechei meus olhos e notei a respiração dele... Por um momento, achei que estava ouvindo as batidas do coração de Ross, que pulsava mais rápido que o meu... Ele segurou minhas mãos e me deu um beijo no rosto...

— Hãm, hãm...

O Mestre Daniel apareceu de repente. Minha maleta estava com ele.

— Jovens... lamento interromper, mas precisamos ir, Estela.

Chegou o momento. Eu desejava tanto voltar para Nuvens Altas... mas, agora... Agora queria ficar por aqui! Quem dera eu pudesse ficar mais um pouquinho com Ross... Não queria me separar dele...!

Antes de o Mestre Daniel me fazer desaparecer do Limbo, Ross pegou meu braço e sussurrou, apressadamente, no meu ouvido:

— Da próxima vez, não deixarei que nos interrompam...

Fiquei corada e não consegui escutar o restante da frase, pois o Mestre Daniel entregou-me minha maleta e estalou os dedos. Uma luz branca me envolveu e só tive tempo de olhar para Ross e ver a imagem dele ficar cada vez mais apagada, até sumir...

> EPÍLOGO
>
> Calendário Celestial:
>
> 3ª era do milênio lunar

Ao chegar, estava tão cansada que adormeci sem sequer desfazer minha mala. Ao despertar, vi que havia uma nova mensagem piscando no meu computador. **Era do Ross!**

"Não importa onde esteja, eu te encontrarei. E quando isso acontecer, você será minha para sempre.

Teu príncipe."

Como ele é vaidoso...! Uma parte de mim, desejava muito reencontrá-lo, mas eu não sabia por quê...

Estou com a cabeça e, sobretudo, o coração, confusos! Voltarei a ver o Ross? Será que um demônio pode se apaixonar por um anjo? E um anjo, pode se apaixonar por um demônio?

Amigos, acho que devo passar uma temporada me concentrando em minhas tarefas da Ordem, antes de tentar encontrar uma resposta...

No momento, estou contente por ter voltado a ser um Anjo do Amor, para poder ajudar a todos que necessitem! Quem sabe a minha próxima parada não seja na sua porta?

Agora tenho minhas asas! Não há quem consiga me deter!

Muito amor para todos!

Stern & Jem

Criam vários projetos juntas já há alguns anos, mas finalmente resolveram levar este adiante. Stern é desenhista e leitora profissional de literatura infantil e juvenil, enquanto Jem é escritora e jornalista. Nas horas de folga, Stern prepara deliciosos cupcakes e não consegue parar de criar aliens n'*Os Sims*. Ah, sim! Também adora gatos e os gatos a adoram. Já Jem prefere os cachorros (especialmente se forem vira-latas), dormir muito e ficar o dia inteiro grudada no celular. As duas amigas são fãs de mangá.

Juntas publicaram a HQ *Mayumi Ganbatte* (Megara Ediciones) e Jem, por sua vez, também publicou *Em dic Laia* (Estrella Polar). Enquanto preparam as novas aventuras do *Diário de Estela*, elas escreveram uma carta para você!

Olá, novamente!

Obrigada por comprar a terceira aventura da nossa querida Estela, o Anjo do Amor. Somos Stern & Jem, as cronistas oficiais da Estela. Ela nos visita sempre, e, enquanto devora um delicioso cupcake feito pela Stern, nos conta suas peripécias, sempre de forma vibrante. Então, Stern dá forma às aventuras, ao passo que Jem cuida da escrita.

Estamos muito contentes por você ter este livro em suas mãos! Adoraríamos saber o que você achou e receber suas opiniões e perguntas sobre a Estela, às quais responderemos sempre que for possível.

E se você gostou desta segunda aventura, saiba que em breve poderá ler o terceiro livro, para descobrir qual será o destino de Estela e Ross. Portanto, já sabe: se quiser entrar em contato com a gente e descobrir todos os segredos da Estela...

Visite-nos em www.diariodeestela.es

Beijos, repletos de magia e amor,

Stern & Jem

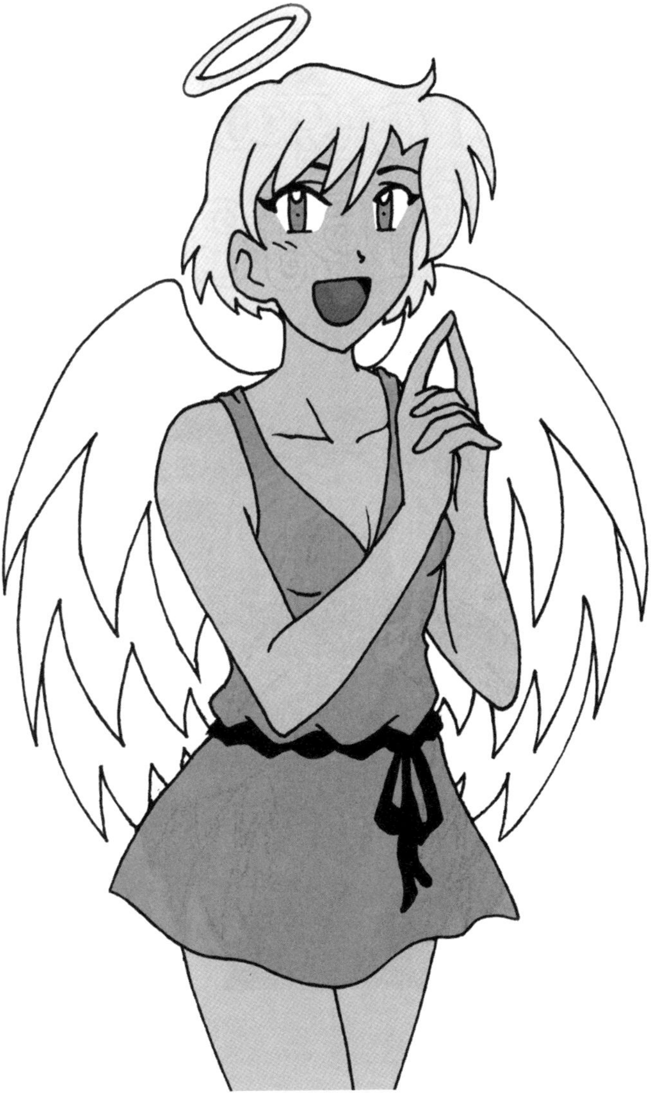

Diário de Estela

Quero minhas asas!

Stern & Jem

JANGADA

Diário de Estela 2

Instituto dos Corações Partidos

Stern & Jem

Conheça outros títulos da editora em:
www.editorajangada.com.br